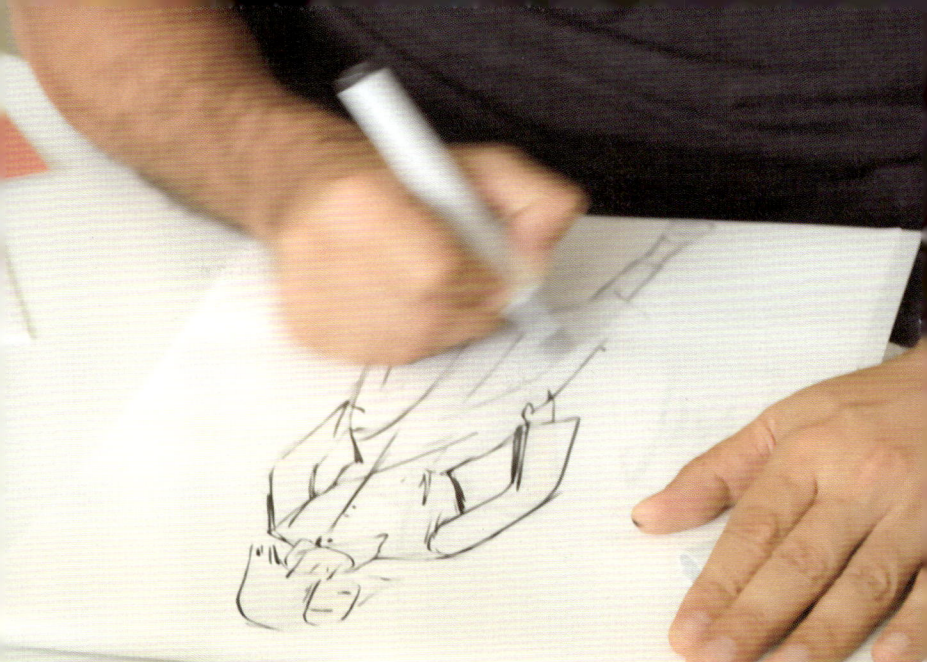

一亿人的服装设计

1億人の服のデザイン

［日］泷泽直己 著

朱中一 中文翻译

杨柳岸 中文翻译校正

中国大百科全书出版社

目　录

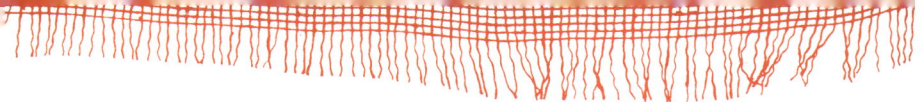

本书于 2014 年 11 月在日本首次出版。

本书结合我担任设计师多年的经验，与各领域伟大的创作者们合作共事中获取的启发思考，通过商品制造的视角，为读者呈现商品制造的普遍过程及其与社会的关联方式。

设计在中国发展的可能性可谓无穷无尽，将此书在中国出版是我多年以来的梦想。高峰先生为我的人生带来了巨大的影响。我和他奇迹般的相遇，让我这多年以来的梦想得以实现。

高峰先生让我意识到，我可以激发自身的潜力，开创面向未来的崭新舞台。

我已决心将美丽的、感动人心且对人们生活有用的设计作为毕生的事业。对我而言，能与中国尚未谋面的朋友们共同感受由设计和人创造的振动，实在是无比喜悦的事情。

泷泽直己

1億人の服のデザイン

斯蒂夫·乔布斯的高领衫

创造"它"的人就在眼前。

仿佛如同一场梦，如此短暂地相逢。"它"指的就是"苹果"。

1999 年，一次偶然的机会，我有幸见到了美国苹果公司创始人之一的斯蒂夫·乔布斯先生。我想，如果我没有在三宅一生（ISSEY MIYAKE）[1] 公司工作，恐怕这辈子都没有机会见到他。

各位是否还记得，乔布斯先生每次在介绍新产品时穿的那件深藏青色[2]的高领衫？那件衣服就是三宅一生公司旗下的商品。

1　三宅一生（ISSEY MIYAKE）：世界知名的日本服装品牌。创始人三宅一生先生于 1970 年在东京成立了第一家设计室，此后相继成立了三宅一生国际公司、饰品公司、欧洲公司、美国公司等。

2　深藏青色：无限接近黑色的蓝色。所以在《乔布斯传》及新闻报道中被误认为是黑色的。

有一天，乔布斯先生主动联系了三宅一生美国公司纽约分店。

"我还想要上次买的那件高领衫。"他指的就是那件深藏青色的高领套头衫。遗憾的是，当时由于衣服已经停售，所以我负责为他定做一模一样的同款。

我十分尊敬乔布斯先生，想做出一件完美符合他身材的衣服，于是在他来到日本的时候，我请他试了样。试样过程中，他超凡的感性给我留下了深刻的印象。

在试样的时候，他对那些属于我们这个行业特有的、他没接触过的很多东西都表现出了很大兴趣。比如说，我在测量肩部倾斜角度的时候，会使用一种特制的秤砣。他饶有兴趣地盯着秤砣，问我："您每次都会用这个吗？"他还夸赞我的和式剪刀用起来很顺手，询问我："这把剪刀好在哪里？"和式剪刀的结构是一个整体，中间没有焊接口。这个特殊的结构引起了乔布斯先生的兴趣，他甚至在试样时对我视线的移动都很感兴趣。我不得不佩服其好奇心之旺盛。

乔布斯先生十分中意这件高领衫:"很适合我!""非常好。"

这件衣服到底好在哪里呢?乔布斯先生对衣服正面那条笔直的针线缝痕评价道:"这条线让我感到很舒服,很放松。"对于我们采用了像橄榄球队服一样偏厚的布料评价道:"无论是颜色还是布料,都很完美。"对于他发自内心的溢美之词,我认为这已经远远超过了"喜欢"的程度,这是他的哲学和三宅一生的服装哲学完美契合的结果。乔布斯先生也非常尊敬三宅一生先生。

试样结束后,我们把几百件成品发到了美国。但是,没过多久,就被全部退还回来。"感觉不一样。"

乔布斯先生为什么会这么说?我事后反思,其实是因为我没能把以前那件衣服的质感100%还原出来。布料的密度出现了一点细微的偏差。当然,用线的数量和加工方法都是完全一致的，看起来跟当初试样那件完全一样。在服装行业，用同样的原料做样式相同的衣服时，出现一些极其细微的偏差，是常有的事情。但乔布斯先生没有放过这一点细微的差异。

那就返工重做吧。我去找纺织原料设计师进行了沟通，并告诉他："如果做不到完全一致，乔布斯先生是不会满意的。"

后来，我们把重新做好的深藏青色高领衫发给了乔布斯先生。这一次，他向我们表示了感谢，然后又向我们下了几百件同样衣服的订单。

他说："这才是我要的。"

那件高领衫成为乔布斯先生的一大标志。他要求衣服必须完美。在他的美学里，容不得半点妥协。

在和乔布斯先生的对话中，有一件事让我印象深刻。

一位意大利的产品设计师曾和我说，他在设计某个东西的形状时，只要把手放在原材料上，脑海里就能浮现出作品的大致形状。我把这段话讲给乔布斯先生听，他马上回答：

"That makes sense."（确实如此）

大家在用苹果产品的时候，有没有这样的感觉：当你拿着 iPhone 的时候，会感觉它和其他手机的触感完全不同。iPhone 给人带来的触感很舒服，视觉上也会给人带来一种不可思议的愉悦，使用起来也很方便。

乔布斯先生在研发新产品时，会看透大家的预期，然后反手给大家带来一个巨大的震惊——该有的按键竟然没有，按下按键后反而会回到初始界面，这完全属于逆向思维。他是一位改变人们常识的伟大的创造者。所以他才能对"通过触感来创造产品"这段话产生如此深的共鸣。

这是一位有着无穷的好奇心和对美的敏锐直觉的人物。所以，拥有独具一格美感的苹果公司系列产品从他手中诞生，良有以也。

进入"穿你所爱"的时代

优衣库的门店遍布世界各国，顾客来自五湖四海。在全世界各地旅行时，会偶遇越来越多身穿优衣库高级轻型羽绒服 Ultra Light Down 的人。

"时尚是自我的体现，那么多人穿着和自己同样的衣服，不感觉讨厌吗？"我曾听到过这种意见。

不过，我是这样想的：大家都穿同款的衣服，没什么不好的。

事实上，已经有越来越多的消费者不介意和别人穿同款衣服。因为现在大家的自我观念很强，所以即使穿着同样的衣服，仍然可以穿出和别人不同的效果。

当今社会，设计师的使命和品牌的理念正在逐渐发生变化。在过去，时装品牌会注重自己产品的理念风格，把顾客引领到时尚的某个方向，但我认为现在人们正在追求打破这些条条框框。

在这种形势下，设计师也就有了新的使命。我们拿 T

恤举例。 如果设计师能把当下流行的颜色和耐人寻味的故事融合在一起，搭配上符合时代审美的体量和尺寸，就能把一件 T 恤在不同的时代打造出完全不一样的效果。 经过设计师的一番"润色"，一件 T 恤就能够在任何时代都保持新鲜感。

"保温效果极佳，只需一件就能获得温暖。"在向顾客介绍优衣库保暖内衣 HEATTECH 时，仅靠宣传产品性能是无法俘获顾客的心的。 虽说产品的卖点在于轻薄保暖，但只向顾客介绍"这款产品的重量只有二三百克"是远远不够的。

"里面穿上这款保暖内衣，外面就可以穿得薄一点，在冬天也可以打扮得非常时尚。""我好喜欢这个颜色！""这款内衣的颜色和您喜欢的那条裤子的颜色很搭啊！""夹克里套一件保暖内衣，一看就很暖和！"……我们要让顾客想象出将衣服穿上身后的各种场景和感受，这与让顾客理解商品的性能是同等重要的。

为了实现这一目标，设计师就一定要为时装融入独特的品位与故事。优衣库虽然不是一个追求潮流的品牌，却十分贴近大家的生活，"服适人生"（Life Wear）的理念贯穿其整个服装设计过程。优衣库倡导的这种理念传到了全世界，给整个时装界都带来了巨大的影响，很多时装品牌相继推出了类似优衣库 HEATTECH 的功能性保暖内衣。

服装的力量正在逐渐发生改变。所以与以前相比，我在优衣库统筹工作的思维方式有了一些变化。我认为，正因为我们的商品很朴素、很简单，才更需要告诉顾客，他们可以穿出更多的风格和可能性。

我认为时装设计这个行业的本质，就是向顾客提供方案和建议——即"I offer you"。例如你一旦向顾客提供如"最近流行这样的审美""这样搭配可以让你穿出焕然一新的效果"这样的建议后，能对此产生共鸣的顾客就会选择购买你的商品。所以正是在这一意义上，时装设计可以给一个人带来很大的刺激，同时也会对一个人产生很重要的影响。

而我认为，优衣库倡导的则是与此相对的概念"as you like"——穿你所爱。如何穿搭，完全取决于顾客自身——这与时装设计的定位是不同的。而为了实现"as you like"这一概念，我们必须站在顾客的内心世界去思考问题。并且我们要考虑的不仅有日本的市场需求，还有来自中国、法国、英国、美国等世界各国的市场需求；不仅有各国大中城市的顾客需求，还有各国郊区、边远地方的顾客需求。对于那些不太了解时装行业的顾客，我们也要为他们提供相同的商品。面向千万人的服装设计，其灵感就应源自千万人的生活。

我发现近年来大家对自我的认知发生了一些转变，对时尚的理解也有了一些变化。也就是说，一个人的身份不是通过着装表现出来的，而是由其自身决定的。

我在 20 世纪 80 年代学习服装设计时，时尚拥有强大的力量，人们全盘汲取、接受设计师通过服装呈现出来的灵感、想象力等，原封不动地进行借鉴和吸收。到了90年代，人们开始频繁使用"实用型服装"（real clothes）这个概念。我一度怀疑，这是否意味着以前我学到的那些理念、技术就是不真实的、不实用的？

之后休闲装（casual wear）进入了全盛期，运动装（sports wear）也被纳入时装的设计要素之中。为了适应这个时代的审美，设计师在造型时会搭配运动鞋来营造一种轻盈的视觉体验。时装秀逐渐转变为"形象的世界"，承担了为手表、香水、箱包、鞋靴等商品做营销广告的实际意义。

近年来慢跑之风流行全球。人们也会经常去美容院做护理项目、去健身房锻炼，希望通过改变身体来改变自己，可以说他们是在"设计"自己的身体。同时，还会通过瑜伽、禅修等方式丰富自己精神层面的修养。那么，对这些人来说，需要什么样的时装呢？我预感到一种前所未有的时装类型正在后台跃跃欲试，即将登上舞台的中央。

年轻人并非对时装不感兴趣。他们也想精心打扮自己，更想以此博取异性的青睐。但现在的年轻人在装扮自己时，越来越不会被某一种服装品牌的价值观所束缚，他们会自由选择具备各种元素、体现不同理念的服装。在当今这个时代，如果浑身上下都堆砌着品牌，会显得没有品位，被大家嘲笑为土气吧。

去巴黎、纽约的时候，我会去拜访 VOGUE、ELLE 等时装杂志的编辑们。他们会穿着奢侈品品牌的服装，也会搭配一些快时尚（fast fashion）的服装。这些熟知高端品牌的业内人士，往往仅仅用优衣库的打底裤和 T 恤就搭出了非常时尚的效果。

能够作为一种元素，和任何一种服装进行搭配——现在这个时代需要的就是这样的衣服。

一亿人的服装设计

　　有三位设计师令我非常尊重。一位是三宅一生先生，一位是伊夫·圣·罗兰（Yves Saint Laurent）先生，还有一位是加布里埃·香奈儿（Gabrielle Bonheur Chanel）女士。我对他们心生敬意的最主要原因就在于，他们改变了大家的穿衣方式。

　　香奈儿女士于 1910 年在巴黎开了一家女装帽子店。随后她在法国的度假胜地多维尔又开了一家女装店，从此开启了作为高端服装设计师的道路。

　　为什么众多女性会认可香奈儿并为之痴狂？原因就在于，香奈儿设计出了不被过往的价值观束缚的女装。

　　香奈儿在制作服装时，会使用方便女性活动的平纹针织面料，有时还会推出一些款式新颖的喇叭裤。要知道，在此之前粗花呢只会用于制作男装，而香奈儿却拿它做出了像对襟毛衣一样的女款夹克。她采用轻盈的披肩设计，将人们从传统的英伦西装风中解放了出来。香奈儿说的话也充满了魅力，比如"女性也一样可以骑马"……

香奈儿的服装设计源于并服务于女性的实际生活，不仅设计便于活动且合理、不被传统观念束缚的服装，还将服装的细节也设计得非常合理。例如用一条细链缝合在衣摆内侧，不仅是为了视觉上的美观，也是为了起到加重的效果，防止下摆被风吹起来。

伊夫·圣·罗兰先生也改变了女性的穿衣方式。圣·罗兰公司在 20 世纪 60 年代发布的吸烟夹克（Smoking Jacket）和狩猎夹克（Safari Jacket），在女性服装界掀起了一场革命浪潮。现在的男士无尾礼服就起源于当时的吸烟夹克。试问除了伊夫·圣·罗兰先生，谁还能够想到让女性也穿上这两款服装呢？

伊夫·圣·罗兰先生将他的工作室建在了巴黎左岸。在此之前，高端品牌的设计师基本都会把工作室设在右岸的富人区。圣·罗兰先生的这种做法，就是在和传统的条条框框划清界限。

三宅一生老师也让男性摘下了领带。当男士穿着极具美感的立领衬衫时，即便不系领带也可以合乎着装规范。大家一致认为，三宅一生的衬衫是优雅的、有格调的。

还有一些设计师也通过改变大家的穿衣方式而风靡一时。比如乔治・阿玛尼（Giorgio Armani）先生设计的男装，就引入了一些所谓的"女性"元素，做到了帅气与性感兼备。男性很开心地选择他设计的服装，得以从拘泥而死板的传统西装中解脱出来。在此之前，柔美这一元素从未出现在男性的服装中。

诺玛・卡玛丽（Norma Kamali）从美国的运动服中获取了灵感，设计出了用吸汗面料制作的服装。为了能将缝合做得更加合理，卡玛丽采用了按扣棉带——事先安好扣子的棉胶条，起到了性能与美观兼顾的效果。

做服装设计时，如果能以"改变人们的穿衣方式"为目标并成功将其实现，那么这样的设计师就可以称得上是为社会发展做出了巨大贡献。这个世界上才华横溢的设计师很多，但能达到这个境界的人却屈指可数。

优衣库也改变了人们的穿衣方式。比如，在全世界广受欢迎的保暖内衣 HEATTECH 让大家在寒冬摆脱了衣物过于厚重的烦恼。人们或许可以在保暖内衣的帮助下，改变一直以来将内衣、衬衫、毛衣、夹克、大衣叠穿的习惯，脱下那件毛衣了。

其实每个设计师都有着"创造出属于自己的作品"或是"将自己独特的审美理念呈现在服装上"的愿望。换句话说，一个人如果没有这些愿望，那也无法成为设计师。但这些愿望越是强烈，衣服也就越难卖出去。因为设计师在衣服上展现的个性越强，能够接受、认同其理念的人也就越少。

我们在谈及服装销售时，会提到"潜在顾客数量"这个概念。衣服卖不出去不一定是因为衣服本身不好，很多时候是因为没有掌握好生产量和潜在顾客数量之间的平衡而造成的。

我在优衣库学到的是，要极力淡化自己作为一名设计师的理念和主张，而要以一个匿名者的身份和心态，制造出能为多数人所接受的产品（服装）。但这并不意味着我只考虑销售额和布料裁剪的合理性，而生产出白纸一样的 T 恤。优衣库把设计工作交给了深悉高端定制行业的我去做，但对于我来说，却是在将自己的风格体现在服装上的同时，还必须最大限度地淡化有关"我"的元素。这么微妙的处境和处理方法，可谓是接近于"禅"的领域了。

为什么要淡化自己的存在感呢？

因为我们要做的，是面向一亿人的服装设计。优衣库的目标，是提供让全世界人都能接受的衣服。

我于 2011—2014 年担任优衣库的设计总监，负责把控品牌整体的设计方向。 优衣库追求的方向和巴黎时装周是截然不同的。 这真的很有意思——服装会以千万、上亿级别的规模，深度渗透到人们的生活中。 所以我们在做服装设计时，也必须以这样的格局去考虑问题。

一般来说，时装在经过一定的市场调查及品牌定位后会锁定一部分客户群体。 但优衣库的目标不是服务于某个特定人群，而是追求 "made for all"（为所有人而做）——向不同国籍、不同性别、不同肤色的人传递我们的理念。

在优衣库，以百万件为单位生产同一款商品，可以说是司空见惯。 而我们的工作就是提高这几百万件商品的设计精度。 我们的目标是让不太懂服装设计的顾客穿上我们的衣服之后也能为我们点赞。 如果不具备相当精湛的设计能力，是做不到这一点的。

为一亿人而做的服装设计，应当是怎样的呢？ 这是一个巨大的挑战。 并非是设计成没有任何感情色彩的无色无味的衣服，而是得有设计的痕迹，穿上衣服时的感动也是不可或缺的。 如果没有精心设计，就无法孕育出这种感动。

　　只靠低廉的原料和合理的加工手法是无法打动人心的。这时经验丰富的设计师和徒有虚名的设计师之间的差距就会一目了然。 二者的差距就在于，能否让穿上衣服的人收获"哎？这件衣服好像有点不一样""领子很服帖""穿上这件衣服后自己的体形看起来变美了""有种说不上来的帅气"等诸如此类的感受。

　　时装业界的人士看到，则会赞叹："原来如此，设计得果然很有立体感……"而一般人即使无法理解得这样深刻，也会感觉"有种说不出来的妙"。 我们一定要让顾客觉得，我们的服装是与众不同的。

　　在这个网络购物已经非常普及的时代，很多消费者在购买前已经不会再去确认衣服的材料和质感。 确实，现在人们越来越重视服装的外观，另一方面对触感变得越来越迟

钝了。 即便是这样，设计者也不能站在那个角度上去设计，而要认为消费者是可以体会得到我们设计的巧思的。 我始终坚持认为，消费者是能够体会到我们的用心的。

　　设计师的感觉、感受、感情是服装设计的出发点。 如果过于重视商业利益，设计师就会不断让步和妥协，最终会产生"这衣服，差不多做成这样就行了吧"的想法。

　　这样的设计师无法让消费者感受到"穿的感动"。

你也是一名设计师

何为服装设计？如果你认为设计是唯一的、绝对的，或是认为设计是只由设计师一人完成的工作，那就错了。

与一件服装相关的所有人都会参与到设计的环节中。而设计师的任务就是整合所有人的意见和想法，并通过合理的形式呈现在商品上。

即使一个人说"我不是设计师，我不懂服装设计"，但他只要说出自己对某件商品的意见，那么他就算是参与了服装设计。

设计师会为整个服装设计的流程确定一个最初的方向。但因为设计师的灵感和创意源自其个人单一的价值观，所以会略显粗糙。就像石头在从河流上游漂到下游的过程中会被打磨掉一些棱角而逐渐变得光滑一样，设计师的创意和灵感也需要在与他人的交流和思维的碰撞中，逐渐适应市场的需求。

在设计一款服装时，设计师首先要和服装打版师[1]交流。在这个过程中，设计会被注入新的感受性。

在讨论服装的形状时，我和打版师有时会意见不一致。那也完全没有关系，很多时候我都觉得打版师提出的线条、样式方案会比我想的要好很多。

打版完成后，接下来就要请生产线的负责人来看一下设计图。负责人会去思考哪种缝合方式是最适合这套衣服的。有些时候，负责人会认为设计师和打版师提出的缝合方式效率不高，会提议"要不要换成这种风格的缝合方法"。你看，生产线通过改变衣服的缝合方法，也参与到了服装设计的环节当中。

样衣做好了之后，接下来就轮到销售部来提意见了。

---

1 服装打版师：根据服装设计师的草图和简单的尺寸打版做成纸样，对面料等进行制图后裁剪，为下一步的缝制服务的人员。

有时他们会说服装成本太高，如果按照我们的设计去做，那么售价就会远远超出之前制定的计划。销售部把样衣退还给设计师和打版师后，二人就要再次思考怎样才能把制作成本降到预算以内。

设计师和打版师接下来会一起探讨口袋、扣子等附属品和装饰品，哪个要保留，哪个要舍弃。既然第一次的样衣因超出预算而被拒之门外，那么接下来就要对样衣进行各种改动，让成本不断接近目标值。所以说因为成本问题重新制作也是服装设计的一部分，负责销售的工作人员也是会参与到服装设计中的。

这些问题都处理好之后，最后我们就会把做好的衣服样品拿给商场的店员看。"这个衣服的领子最好稍微修改一下""这个上衣的衣长不太符合现在店里顾客的要求"——店员会根据过往的销售经验，退回一些他们认为不符合顾客审美需求的样品。

有时候，店员还会对下一季度的服装提出这样的意见：
"虽然设计师个人很喜欢这种风格，但我感觉到明年这种款
式就不流行了。""您说这个毛衣和这个夹克是可以搭配销售
的，但我觉得它们的色调搭在一起并不好看。"等等。

只要对服装提出意见，就等同于参与到了服装设计中。

进一步讲，消费者也参与到了服装设计中。

"这衣服不像是泷泽先生您设计的啊，袖子太宽了，感
觉穿上之后活动起来不是很方便。"想必各位在服装店试穿
的时候也曾发表过类似的评论吧。所以说，各位也是服装
设计的参与者。

伊娜·德拉弗拉桑热的"法式时尚"

伊娜·德拉弗拉桑热（Ines de la Fressange）女士曾经是香奈儿的"缪斯女神"，是处于法国模特界顶峰的传奇人物。

伊娜·德拉弗拉桑热住在巴黎，她的生活方式已经成为巴黎女子的向往。她在《巴黎女人的时尚经》（*Parisien Chic*）这本书中，展示了她喜爱的各种收藏品。这本书被翻译成了多种语言，畅销于世界各国。书里介绍了她在环游世界的过程中发现的各种美丽事物——印度的小玩意儿、各地的古着店[1]、帅气的军装大衣……优衣库的服装也出现在了她的著作中。

伊娜·德拉弗拉桑热女士拥有丰富的时尚工作经验，也是一名优衣库的顾客。

早年间，优衣库的柳井正社长先生曾提出了"是否能与

1　古着店：售卖真正有年代感却已经不再生产的服装的店铺。

伊娜·德拉弗拉桑热女士合作"的想法。 于是我们在 2013
年启动了与伊娜女士合作的项目。 我们要一起打造一个伊
娜女士的衣柜系列。

　　伊娜女士对时装有着很深刻的理解，我们如果能与伊娜
女士这样的"顾客"一起合作，或许可以超越设计师以及商
业的视野与界限，设计出契合优衣库理念的服装，即真正贴
近人们日常生活的服装。

　　于是我动身前往巴黎。 见到伊娜女士的那一瞬间，我
再次感受到她真的是一位很"酷"的女性。 当时她身着的
服装，用一个词概括就是"时尚"。 她内着由一家印度成
衣店老板打造的男款衬衫，外面披了一件 PRADA 的夹克，
然后搭配了一条优衣库的牛仔裤。

　　多年以来，她一直是世界首屈一指的时装模特，与
让－保罗·高提耶（Jean-Paul Gaultier）、卡尔·拉格斐
（Karl Lagerfeld）等一流设计师有过多次的合作经历。 听

过这番介绍，大家可能会认为她是那种身处上流社会、全身都是高端品牌服饰的人。其实，她在实际生活中的表现完全不是这样的。可她的那种气质，她那种把服装的搭配做到绝妙的能力，又不是大众轻易能够模仿的。

我和伊娜女士在巴黎的一家五星级酒店共进了早餐。她起初以为，"毕竟这次是和日本企业谈合作，肯定会有公司员工随行"。当她看到我独自一人坐在餐厅里等她，颇感意外，接着很快就对我敞开了心扉。我和伊娜女士以及与她同行的两位法国人一起，畅谈了各自对服装的看法、价值观等话题。

我和伊娜女士的所见、所闻、所想，可谓出人意料地相合。当我在为三宅一生先生做助手时，伊娜女士正作为香奈儿的"缪斯女神"大放异彩。

当我们谈到"蒂埃里·穆勒（Thierry Mugler）和克洛德·蒙塔纳（Claude Montana）共同缔造了一个辉煌的

时代"等有关设计师的话题时，我发现我们共同见证了一个
时代的风雨变迁。

　　"伊娜女士，您觉得下一个时代的时尚会是怎样的？"

　　她如是说："我觉得'物'的价值已经发生了变化。在
当今这个时代，人们不会无条件认为高端品牌的服装就一
定是好的。服装的价值由自己来决定，这一点会变得很重
要吧。"

　　"我觉得我会很期待。将展现各种价值观的衣服配饰混
搭，不是很有趣吗？"

　　"我现在穿的这件衬衫、这件夹克、这条牛仔裤都是平
等的。我觉得这就是现在的穿搭理念。"

　　伊娜女士非常擅长将各类物品进行搭配。她不会在
意一件衣服售价多少、是否高端品牌、有没有采用高级面
料……她在做选择时最重要的判断标准就是，这样东西在
生活中是否是必须的、能否让她感到愉悦、能否帮她把自己

最好的一面展示出来。她具有看穿事物根本价值的能力。

我问她，为什么喜欢优衣库的服装？

"因为它就像芭蕾舞鞋一样。"

据说低跟平底芭蕾舞鞋是每个法国女性必备的单品。因为这样的鞋可以搭配牛仔裤，也可以穿着去参加晚宴，当然也可以搭配礼服。芭蕾舞鞋的价值会随搭配的服装而变化，也就是说它起到了一种"时装零件"的作用。这和优衣库的服装、柳井正董事长的哲学有着异曲同工之妙。总之，我们就是很想和这样一位志趣相投的朋友一起做点什么。

我们一起来到伊娜女士的公寓，进行了几次讨论。我把优衣库使用的面料带到她家中，结合一些展示我个人设计方向、设计风格的资料，与她进行了一番讨论。她会接连不断地提出一系列新的想法，我在听到这些想法后很快就能在脑中想象出衣服大致的样子。虽然我们只在一起聊了两个小时，但我从中获得了很多灵感和启发。

作为一名设计师，我在与伊娜女士的对话中得到了一个启发——"是不是所有的女性都想要一件这样的衣服呢？"设计师有的时候就是会自以为是，深陷于某个想法无法自拔。

伊娜女士在谈到自己关于时装的喜好及其理由时，是这样说的：

"我最喜欢靛蓝色，因为它既不会过于优雅，也不会过于休闲，有着绝佳的平衡感。卡其色和米色也是我很喜欢的颜色，虽然这两款颜色看起来比较偏休闲，但能很好地衬托出人的美感。"

有时，伊娜女士在讨论中会说"稍等，稍等"，然后爬上二楼，从衣柜里拿出衣服，啪地平铺在桌面上：

"这件衣服是在印度尼西亚买的，花纹是不是很好看？"

"这件在巴黎跳蚤市场买的夹克衫，现在看还觉得很有

新鲜感！"

伊娜女士喜欢那种稍微有点"玩心"的衣服——隐约可见小花衬里的领口、卷起时会呈现不同样貌的袖子……她说她喜欢能被穿着者定义的服装，因为这样的服装可以体现出每个人的个性。

有些设计师做出来的服装穿着方式非常有限，伊娜女士就不喜欢受这种束缚。她让我意识到，服装设计是不应该把人束缚起来的。

在 2014 年的春夏季，优衣库的各大门店都陈列了伊娜·德拉弗拉桑热女士的时装系列。有些商品在发售当天就在网上被疯抢一空，这一系列的很多商品都深受女性顾客的喜爱。

最后留下的是"本质性的魅力"

　　我在三宅一生公司时期，最先负责的品牌是 Plantation。当时在进行设计工作前，公司会先设定好门店售价，然后我要根据这个售价反向推算应该选择哪种面料、要进行怎样的设计。

　　比如说，我们把一件衬衫的售价上限定为 15000 日元，那我们就能大概确定使用的面料价格应该在 700 日元 / 米左右。我们还要考虑纽扣等附属品、缝制工具、物流费等其他成本。如果这件衬衫是要放在百货商场里销售的话，我们就要把成本控制在售价的 25% 左右……需要我们去计算、考虑的内容是很多的。

　　而另一方面，有些时候人们会通过服装的外观来决定其售价。一些企业在外观、面料、设计这三个因素中，更加重视设计带来的附加价值。

　　在商讨价格的会议上，时常会出现大家意见不统一的情况。有些人会强调"这件衣服是 100% 真丝的""这件衣服的细节设计得非常完美"，但有些人就会说"一件衬衫要40000日元？要是我，我肯定不买"，另一些人会说"我们还可以再添加一步加工程序，把售价提到更高"……有时还有人提出意见说："虽然这款衣服如果不把成本控制在售价的25%以内就无法获得预期利润，但这个装饰是绝对不能拿掉的，成本率高一点就高一点吧。"

有些顾客认为，在巴黎时装周等时装秀上展出的服装售价高是理所应当的。一件圣罗兰的皮革大衣就算卖到100万日元，也有人愿意为这种并非谁都可以承受得起的稀有性买单。

那些追求稀有性的顾客喜欢强烈展现设计师风格的服装，喜欢抢先体验时装界最前沿的新品。快时尚（fast fashion）品牌虽然能够让消费者用相对较低的价格买到与高端品牌相似的产品，但追求稀有性的顾客享受的却是那种花几十万日元买一件真品的优越感。

这些高端品牌的服装虽然生产量少，但使用的面料质量都是极高的。品牌方会让专业的匠人精心打造，用开司米羊绒搭配丝绸，采用比一般服装更多的加工工序，做出一件臻品。这样的服装一定要具备与其高昂的价格相匹配的质量和设计。

而在优衣库，价格也是包含在设计里的一个因素。优衣库实行的是计划生产制度，所以公司会严格管理与合作工厂、原料提供商之间的每笔交易。在优衣库，制作服装的大框架、流程是确定的，所以设计师能够自由发挥的空间会相对较小。

首先我们会确定一个零售价格，然后进一步讨论把哪个细节保留下来，把哪个装饰品去掉等问题。我们会用做加减法的方式，思考哪个因素对于我们的衣服来说是最必不可少的。

在设计的过程中，类似"因为觉得会很酷、很好看就给衣服加上很多拉链"这种事情是绝对杜绝的。我们必须根据零售价,推算出需要将成本、材料费控制在多少以内。我们要尽可能在有限的范围内选出最好的材料,但很多时候都会面对各种矛盾与纠结。

拿设计一款冲锋衣举例——我们要怎么设计它呢?要加个口袋吗?要加个拉链吗?这些都要和设计团队进行讨论。"对于一件冲锋衣来说,它最根本的价值是什么?"——"可以遮风挡雨"是最基本的。在明确了这一点之后,我们就能确定"加上拉链""采用松紧绳,防止风从下方漏进来"等是满足冲锋衣最低限度要求的基本设计。在讨论的进程中,我们会逐渐省去不必要的装饰,努力接近零售价格。

听过我这番介绍后,您可能会觉得:"优衣库的设计是不是有点过于简单了?"

实际上,这种通过直击最核心因素而设计出的服装是非常纯粹的。当然，那些由设计师呕心沥血设计出的服装是非常酷、非常美的，顾客穿上这样的衣服一定会很满意。但这种衣服确实也会让人难以看透它的本质。只有经过减法运算最后剩下来的，才是最美、最纯粹的。

对时装不是很感兴趣的人，有时会认为设计师品牌的衣服装饰有点过度。在 20 世纪 80 年代的日本，大家都在追求设计师的品牌效应，但现在时代已经变了。虽然说最近日本的经济形势有所好转，高端品牌又开始有了销路，但也绝非像泡沫经济时代[1]，在高级品牌中寻找绝对价值。现在的消费者们，已经不会再像从前那样追求服装的高级感了。尤其是现在的年轻人，他们非常擅长把低价格的服装混搭在一起穿出很酷、很美的感觉。

1　泡沫经济时代：指 20 世纪 80 年代后期到 90 年代初日本资本市场空前繁荣的时期。

现在是一个讲究造型的时代。大家会通过搭配、组合来展现自己的个性。一件衣服的功能正在逐渐发生变化。我们既要满足消费者追求低价格的需求，还要推出新鲜的时尚理念。

在这个时代做设计师，实属不易。

数据的束缚

在三宅一生公司工作多年后，我与一家大型服装制造商签了设计合约。在进行设计的过程中，我受到了很多规则上的限制。这其中尤其使我感到惊讶的，就是大型企业特有的"数据的束缚"。

销售部的负责人会这样和我说：

"泷泽先生，这次我们要设计的是商务款的大衣。我们商务款的大衣衣长就是固定在 86 厘米不变的。"

"什么？"

负责人还会说："现在卖得最好的内衬夹克的衣长是 69 厘米，所以您在做设计的时候也请把衣长控制在 69 厘米刚刚好。"

这是我第一次在做设计时受到数据的束缚，这让我感到非常吃惊。我虽想进行反驳，但好像找不到一个很有说服力的理由。无论是大衣还是夹克，他都会强调"这是最畅销款的衣长"。我感觉很不可思议，他们不管一件衣服使用的是什么样的面料，或者是这件衣服要体现怎样的品牌特色，都一定要把衣长进行统一。

　　说到底，他们所有的要求和想法都源于产品的销售分析。销售部的员工会统计出市面上所有衣服各项指标的平均值，将衣服"数据化"，并试图以这些数据为基础做出"最畅销的衣服"。所以说他们会要求大衣的衣长必须是 86 厘米，一厘米也不能差。如果一件卖得不好的衣服比别的衣服长了一厘米，那么这多出来的一厘米就会被视为滞销的原因。

　　衣长尺寸确定下来之后，肩宽等尺寸数据也会被同样确定下来，每个品牌都是相同的版型。我们会探讨"这件衣服要做成 20 世纪 60 年代的复古风""那件衣服要把领带设计得宽一点，做得比较有欧洲风格"等细节问题，但基础版型都是相同的。

　　短裙的长度也是一样——流行趋势是 50 厘米长的话，

各大服饰公司都不约而同地生产 50 厘米长的短裙。我一直认为，服装的精髓在于寻找面料与形状间的平衡，因此大企业的这种设计模式着实让我感到非常震惊。

　　服装的销售分析数据是只要花钱就能买到手的。这些数据说到底反映的只是一种结果，它可以被任何一个人所拥有。如果我们都以这种相同的数据为基础进行服装设计，那我们真的可以做出具有品牌特征的衣服吗？

　　设计风衣时，衣长通常会匹配衣领大小的平衡而进行调整变化。就面料来说的话，如果我们采用易产生褶皱的软面料，那么就比较适合把衣服做得长一些。相反，如果我们采用的是那种很紧实硬挺的面料，那么竖翻领、短款设计会更帅气。我一直认为，设计师的工作是根据使用的材料偏薄还是偏厚、是尼龙还是棉等，对衣服进行以毫米为单位的调整，从而最大程度地发挥面料本身的优势，找到最完美的点与线的组合。

　　在制作大衣时，有一个概念叫"黄金衣长"，指的是恰好能将穿在大衣里面的夹克衫挡住的长度。在决定衣长时，数据确实会发挥重要的作用。但这并不意味着我们只要遵循标准化数字，一成不变地使用就可以了。基于数值生产的长大衣一旦充斥整个市场，销售自然会下降。谁有勇气最先将它缩短呢？

　　假设普拉达（PRADA）或圣·罗兰（YSL）等极具影响力的品牌发布了一件短款大衣。如果在报道这些引领时尚潮流的设计师们打造的新作品时，业界时尚刊物使用"……品牌新发布一款短款大衣"这样的字眼，最开始大家也许会怀疑"这样的衣服究竟能不能卖得出去"，但当它成为热门话题后，服装生产商们就再也无法坐视不管，要跟上这波新的服装风潮了。

　　但这件短款大衣已经来不及在次年发售了。在服装品牌发布一款新品的同时，生产线就已经在制作第二年要售卖的商品了。所以，这件短款大衣要迟一年至一年半后才能上市，掀起新一轮的大众潮流。

即便市面上涌现出大量同质化、数据化的服装产品，设计师们仍然会绞尽脑汁去打破这种统一。

因为设计师想改变潮流。

做服装设计，必然就要从设计师自己的感受、感性出发。

读懂风向

从事服装零售行业的人们会收集"什么服装卖得好""现在流行什么样的衣服"等信息和数据。而设计师则需要抢先一步掌握新时代的流行趋势，用直觉去感受今后什么样的衣服会引领时代潮流。

设计师会对下一个春夏季要做怎样的衣服提出自己的意见。比如说设计师想要主打推出去年没有的且与去年风尚完全不同的格子花纹，不习惯于销售全新风格产品的零售商对此会感到很困惑，他们经常会和设计师讨论"这样的衣服是不是会不太好卖"……

但随后，多家知名品牌和多名设计师就同时在巴黎时装周上发布了相似的格纹图案服装。一时间格纹图案的服装充斥了各大品牌店的卖场，但那些零售商们的店铺里却一件也没有。这时就算他们反应过来也来不及进行生产了，反观那些成功预测潮流走向的竞争对手，他们的店里就摆满了大受欢迎的商品。

我们一定要用心去做营销、商品推销。如果不用心，一切就会陷入数字构建的空想计划。从陈列在书店里的营销书籍中学到的"学问"，是无法成为设计的判断依据的。

我把以数据为出发点的商品制造称为"数字设计"。

有一种理论叫"定数定量制"，可以帮助你从店铺面积算出店内应该摆放几个货架、多少件商品，恐怕没有比这再简单的商业模式了。但在天气突然发生变化的时候，相比于气象学的知识，有时候直觉会更能派上用场，不是吗？不言而喻，成功的秘诀在于你分明知道使用方法，但依然保持怀疑并试图改变它。

设计师不会被惯例所束缚、所约束，会用直觉去感受潮流的风向。而不可思议的是，来自多家品牌的多名设计师会不约而同地产生相似的灵感。这就是为什么在巴黎时装周上各大品牌会同时推出相似款式服装的原因。设计师本身就具有一种靠直觉读懂潮流、读懂气氛的能力。

但这种直觉能力不是盲目猜想。只有时刻关注时代潮流的变化，才能凭直觉判断出今后的走向。举一个简单的例子，假设今年非常流行柔色调，那么明年呢？柔色调会逐渐淡出人们的视野，新的流行色会取而代之并登上潮流的舞台。如果明年流行明色调组合的色块的话，那么会由两格变为三格。而就印花图案而言，以前比较流行的是几何图案，但最近自然风的图案越来越受欢迎，所以我会在脑海里大致描绘出一个比较返璞归真的植物图案，并进一步思考这个植物图案具体应该是怎样的。

但最终能够拍板做决定的并不是设计师，销售部出于销售业绩的考虑，很难同意采用从未销售过的花纹和单品。而设计师则想抢先一步掌握时代的潮流，尽早将最前沿的时尚带给顾客。这真可谓是数字与感性二者之间的博弈。

进行大规模生产的品牌负责人与推动时代潮流前进的设计师二者的直观感觉能力是不同的。一件衣服在哪里卖出了多少件等数据也是很正确、很重要的参考资料。但设计师可以把用数据无法表示出来的潮流动向向世人展示出来。所以说，用具有说服力的方式传递时尚的新方向也是设计师的一项重要任务。

超越美，超越自己

村上隆先生是当代伟大的艺术家。如果没有他的话，我很有可能就会一直把自己限制在一个很小的圈子里，无法在设计领域实现突破。

我第一次见到村上隆先生，是在1998年。当时我拜托他为三宅一生公司在2000年的米兰时装周上即将展出的新品进行印花绘图设计。

当时村上隆先生是日本亚文化界的艺术新星，知名度还不是非常高，只有圈内人士对他比较了解。他极具刺激性的作品既会获得很多关注，也会招来很多批判，有人甚至质疑他的作品到底能不能算得上是艺术。

我和村上先生刚刚见面，就聊得非常投机。我们都认为亚文化或许会成为今后日本文化的特有属性。当时村上先生正在推行"超级扁平面"（Superflat）的概念。

村上隆先生把二次元动漫世界里的人物（例如美少女战士等）进行了立体化，制成了手办等艺术作品。他还利用电脑软件等技术制作了一系列绘画作品。 大多数的画家、作家会选择独立创作，独自一人完成作品的全部制作过程。但村上先生会雇用多名员工、助手，以团队的形式实行分工制工作。 这在当时的艺术界是前所未有的、划时代的工作方式。

村上先生在看到我利用平面化制作服装后，对我的服装设计产生了兴趣。

我曾用压力机将1999年度秋冬季的米兰时装周上发布的用英伦传统面料哈里斯粗花呢（Harris Tweed）制成的夹克衫完全压扁，把西式的立体化服饰制作这一传统，强行转变为平面化。 我对帽子、胸饰等也进行了同样的尝试，于是我就很清楚地看到了这些服饰的立体构造是如何形成的。 我的这种做法可以说是在向西方传统的设计观念发起挑战。

我后来在时装秀上发布了这款扁平非立体的西服。 村上隆先生看后说道："把西方传统的服装压扁后，会产生一种截然不同的美，这就是超级扁平面！这简直就像《根性青蛙》[1]里的蹦吉一样。"我和村上先生彼此都感受到了对方的理想和愿景与自己有共同之处，这就是我们开始合作的契机。

合作是提升彼此的战斗。我希望与我的相遇可以让村上先生获得新的灵感，我也希望和村上先生的合作可以让三宅一生品牌上升到一个全新的高度。所以我选择了邀请村上先生来为三宅一生品牌的服装进行印花图案制作。

看到他绘制的作品后，我大吃一惊。

那是一幅强烈突出描写有关"性"内容的作品，这样的

---

1 《根性青蛙》：日本 20 世纪 70 年代的著名漫画作品。主人公摔倒后将一只青蛙压入 T 恤内而使其变成一只活在 T 恤上的平面蛙蹦吉，随后发生了穿着这件青蛙 T 恤的主人公与其身边各种人物间的种种故事。根性，在日语中是褒义词，有骨气、斗志、毅力等含义。

作品是很难用于商业用途的。

"您这幅画我们用不了。"

"这幅画哪里不行了？你们为什么不能用这幅画？"村上先生对我进行了强烈的反驳。

我反抗地说"不行，不能使用"，并对他耐心解释说："这种表现形式会让三宅一生的顾客们感到困惑。所以我没办法采纳您的这幅作品，这是我必须要坚守的底线。"

村上先生第一次画出的作品颇具挑衅性，不过好在他还是答应重新画一些其他主题的内容。他后来画出了"眼睛水母""迷彩蘑菇""飞溅水花"等图案。

我把村上先生设计的这些图案打印在夹克衫的里衬上。我没有采用高级面料，而选择了做制服时用的普通面料。为此，我特地告知村上先生："我想用很普通的材料，做出价格实惠的衣服。"村上先生听后，很开心地表示："你的想法很有意思！"后来在时装秀上，模特在 T 台上把夹克衫翻过来，展示出村上先生设计的图案时，场下瞬间爆发出一片掌声与喝彩。

随后，我又请村上先生设计了时装周的宣传海报。在这个过程中，我们也出现了一些意见上的分歧。

我打开他寄给我的海报，只见上面画的是僵尸的图案。

在我看来，僵尸带有一种比较负面的印象，所以当我看到海报后，不禁脱口叫道："啊？僵尸？"

海报上的僵尸穿着三宅一生品牌的衣服，手里提着一盏村上先生设计的由动漫角色"Oval君"变形而成的灯笼。

收到这张海报，我再次通过第三方郑重拒绝了村上先生的这版方案。我托人向他转达："我们很难采用您的这版设计作为三宅一生公司的官方海报，因为这张宣传海报面对的是大众，会被很多人看到。"

随后他就写了一封很长的信，向我表示抗议。

"您到底是想怎样呢？我觉得泷泽先生您是能够理解这

种艺术的，可您为什么要拒绝采用我的作品呢？您难道不是在自己限制自己吗？僵尸为什么是负面形象呢？僵尸是西方文化中有而日本文化中没有的、介于生与死之间的角色。如果您无法接受这种文化，那您对美的定义也太狭窄了。"

读了他这封亲笔信，我感到有些害怕。我认真思考了一个晚上，最终决定接受他的设计方案。随后，我也给他回了一封很长的信。

我当时一心想着要为 ISSEY MIYAKE MEN（三宅一生男士）带来一些新的元素。"研究时尚也需要超越美的认知，突破自己的常识"。我认为此时是否采纳村上先生的这幅"僵尸海报"设计，将成为我职业生涯中的一大分水岭。

我当时正面临着一大考验——自己是否有让三宅一生男装焕然一新的决心。

时装周商品上架的当天，位于涩谷的三宅一生门店贴出了"僵尸海报"。那天我来到门店后，发现很多路过的妈妈和孩子都在盯着这张海报看。

"这个看起来很有意思啊!""这是要在哪里办演出吗?"

啊!原来如此!我这才恍然大悟,之前自己过于被"僵尸"的刻板印象所束缚,实际上大家在看到这张海报的时候,会单纯地从"画"的视角去审视,会感觉我们的创意很有意思。

现在想想,也许村上先生当时就是为了试探我,才故意画出了这样的作品。总之当时是和他进行了一番非常激烈的"斗争"。

设计师与艺术家、设计师与销售负责人,有时是必须要相互"斗争"的。销售负责人如果想理解设计师的想法和创意,就必须学习设计,突破自己的审美,否则就很难做到真正意义上的理解。

设计师如果想理解销售负责人的目的,也必须提出一些让自己设计出来的衣服能够畅销的思路。大家的领域不同,

看到的世界自然也就不一样。如果大家不能相互分享自己的世界、了解对方的世界，就无法构建出良好的商业模式。

当我还是公司职员的时候，我觉得我会受到公司的保护。就算稍稍做了一些出格的事情，暂时性地受到社会性抵制，在日本也很少会被解雇。

但从公司独立后，我时刻都在担心"万一失败了可怎么办"，渐渐变得担心恐惧。

即便是这样，也要贯彻自己的信念——村上先生就是如此纯粹的一个人。他非常重视传达自己作品的方式与手段，他一直致力于开创新的思路和手法。

村上先生自己也说过，他的这种做法在日本可能很难被人理解。但他绝不会崇洋媚外，因为他自己本身就是一个宇宙。

他，为我打开了作为一名设计师走向世界的大门。

令人激动的衣服

我们一起来考虑一下设计的价值。

我们以依云天然矿泉水的瓶子为例。 瓶身是透明的，红色的 LOGO 背后，蓝色的山脉若隐若现。 这就是依云水瓶采用的设计方案。

用这样的瓶子喝水会是一种怎样的体验呢？ 饮下一口的瞬间，法国阿尔卑斯山的美景会让水的口感更增美味，让人感觉到这瓶水是如此的甘甜。 当设计能够让人产生这样的联想时，我们一般就会认为这个设计产生了价值。

我能够做出打动人的心灵的作品。

这，就是我喜欢做设计的原因。

设计能够唤起人内心中的情感。 如果是衣服的话，可以通过穿着，成为不同的自己。 当你穿上最心仪的礼服，你会获得作为一名女性的自信，在聚会上表现得更加优雅自如。 男性在想博取心仪女性关注的时候，也经常会借助一身帅气西装的力量。

　　大多数顾客在购物时，并不是在单纯消费某件商品，而是在为获得这件商品后展开的故事和剧情买单。

　　时尚这个概念，最早起源于部落生活。依山而建，傍水而居，每个部落都有着各自的集体生活。原始居民会在居住地周边拾取贝壳、剥取动物皮毛、收集植物，将它们做成衣服或装饰品。可以说这就是"时尚"这个概念的起源。

　　日本也曾有过部落文化的鼎盛时期。20 世纪 70 年代，日本涌现出大量热爱冲浪风、摇摆舞风、欧洲大陆风的群体，这在某种意义上可以说是形成了一种部落文化。后来甚至还出现了很多"冲浪爱好者咖啡厅""摇摆舞爱好者聚集店、聚集街"等极具部落文化特色的社会现象。这种文化现象从 80 年代开始逐渐衰退，取而代之的是设计师品牌的崛起。

　　日本的部落文化已经逐渐消失。在当今这个时代，如果在日本穿得非常有个性，周围人会说"你太显眼了"。现在无论是做音乐还是设计服装，大家都会把各式各样的风格混搭在一起，而不会去坚持、专注于某一种特定的风格，这就是当今的潮流。同一个人，会根据心情的变化，今天选择优雅风，明天选择休闲风……这样频繁地进行更换。

说到设计师，大多数人想到的可能是"要善用色彩与形状的变化"。但现在做一名设计师，需要具备的是制作人的能力。

举个例子，在做一件夹克衫的时候，设计师需要利用布料、线、扣子等各种各样的元素组合成一件完整的衣服，正如制作人一样去完成设计。再比如做一件商务休闲装时，设计师还需要想象出穿这件衣服的人是什么样子，然后思考如何把这个人的生活方式通过衣服完美地展现出来。

巴黎时装周这样的舞台，需要的是集空间、声音、光、服装于一体的综合艺术。设计师需要指挥整个团队，把人、物、环境引向最终的目标。这就是设计师的"制片工作"。

1990 年以后，服装逐渐趋于简单化、朴素化，大家很少会再痴迷于一件衣服本身。不仅是服装行业，汽车行业也是如此。

而另一方面，我感觉人们越来越追求故事与剧情。穿上一件衣服后心情会发生怎样的变化，买一辆车会为生活增添怎样的快乐？消费者对于商品本身的执着程度已经变得越来越低，刺激消费者的内心情感，综合编排、设计生活已经逐渐成为设计师工作的一部分。

设计师在将商品制作做到极致的基础上，还可以以物为媒介进行故事创作。

音乐、艺术，样样都要精通——这个时代，看的是设计师的综合素养。

挖掘企业的宝藏

大家有没有听过"在生产制造业，'讲好故事'是很重要的"这个说法？

比如说一套西装，采用的是哪里的布料、是在哪里做的加工、是经哪位匠人之手打造出来的、这位匠人有什么样的履历背景……或者说，传统英伦服装的格纹，在历史上拥有怎样的意义和背景？风衣起源于哪里？……

制作背景和事物起源备受关注的理由是，隐藏在事物周边的故事更能凸显商品的特色。在现在这个时代，单单只是提供一件商品很难引起消费者的关注。隐藏在商品背后的故事会成为一种新的附加价值，促使顾客前来购买。

问题在于故事的寻找方式。当然，我们很容易就能搜索到毛线及布料产地等简单的信息，但要想让顾客印象深刻，就一定要去挖掘唯这家企业特有的独一无二的故事。

所以，我们要去探索内在的故事。

我曾负责过三阳商会的三阳大衣（SANYO COAT）的

设计工作。三阳商会拥有日本大衣市场最大的份额，所以当我接手这个工作项目时，我就会希望"能够做出一款代表日本的并在世界范围内有影响力的大衣"。

博柏利（Burberry）、雅格狮丹（Aquascutum）这两个历史悠久的服装品牌可以说是国际大衣品牌的代名词，早期均以制作军用大衣、英伦风制服为主。"但凡说起风衣，必会联想到博柏利"——这种令人自然联想的故事，一定存在于它的品牌历史之中。

在担任三阳商会的设计师时，我想深度挖掘这个企业的文化与历史，于是就把记录公司 60 年发展历史的资料从头到尾读了一遍。

我发现三阳商会有着了不起的历史。我找到了很多以前三阳商会做的平面设计、商标标志等"设计财产"。公司有一些极具创意性的想法——例如在 20 世纪 60 年代，公司从美国歌舞影片《雨中曲》（Singin' in the Rain）中获得灵感，根据乐符设计出雨滴标志。我还了解到他们曾经为了设计，耗费了无比的心力与时间……

　　我一边挖掘沉睡在企业内的各种趣闻轶事，一边思考这其中的哪个故事拿出来会让人觉得有新鲜感，能够产生良好的宣传效果。对于三阳商会的员工来说，这些公司的历史早已耳熟能详，并不会有什么新奇感，但对于我来说，却是一种全新的发现。我借鉴了公司曾经的创意，重新设计了一款以音符标志为基调的大衣，也是一款让人想要在雨中肆意快乐高歌的风衣。

　　我还挖掘到了一个宝藏——三阳商会的青森工厂。论生产技术，青森工厂不会输给全世界的任何一家工厂。但因为青森工厂的利用率不高，总生产量在逐年下降。造成这种现象的原因是什么呢？

　　青森工厂生产的是采用传统工艺制作的、工序极为繁琐复杂的大衣。一般来说，缝制一件大衣需要经过约 160 道工序，而在青森工厂，工序达200道之多。此外，青森工厂有熨烫加工的专家，技术十分高超，加工出品的服装可以称得上是"神作"。所以，青森工厂生产的大衣零售价格就会不可避免地偏高。

当时，服装市场重视价格导向，追求优价。在一般百货商场的店面，一件大衣的售价上限不过是2万—3万日元，青森工厂生产的服装价格显然不符合市场需求。

这种以零售门店为出发点的思考方式，在美国的百货商场里是比较常见的。百货商店的门店会设定一个零售价格上限，一旦超过这个上限基本就会遭到店主的拒绝——"这么贵的商品我们卖不出去"。但我认为在服装制造行业历史悠久的欧洲地区，零售店的老板们应该不会这样想，因为欧洲有很多顾客的消费观是"为我认同的商品价值买单"。

在当今的服装行业，以零售门店为出发点的思考方式成为主流。所以现在很多设计师会配合门店的销售需求去进行服装设计。我认为这就是症结所在。

我从知道青森工厂存在的那一刻起，就想用它来进行服装制作。但我花了将近一年的时间，才得以使用它。在青森工厂制作、加工的大衣零售价会达到 7 万—8 万日元。百货商店内的三阳大衣签约专卖店表示无法接受这么高价格的商品。那该怎么办呢？——我们只能尝试和门店进行进一步交涉。

三阳商会这家企业最初的创办原点是什么？第二次世界大战结束后日本国内的资源非常匮乏，据说起初三阳商会是靠用黑幕布和油纸做儿童雨衣起家的。我想，为什么不把这段独特的故事利用起来呢？

有些"财产"，是企业一定要利用起来的。无论是爱马仕（Hermès）、路易·威登（Louis Vuitton）还是香奈儿（Chanel），这些企业在发展过程中都非常重视自身的企业文化与历史。有一次，香奈儿的设计师卡尔·拉格斐

（Karl Lagerfeld）先生对我说："可可·香奈儿是怀着什么心态制作衣服的呢？是肩负着继承历史积淀的责任感。泷泽先生，如果您也不是以您个人的名义工作，而是为了三宅一生品牌的发展做服装设计，那么您就一定要重视品牌的历史、文化。"

我用我自己的方式理解、消化了三阳商会的企业历史，接下来就要进入设计工作阶段了。大衣的作用是什么？——是防风挡雨。为了能在夹克衫外面套上大衣，我们要给大衣留出足够的空间。我会深度挖掘大衣本身，当然与此同时也会充分考虑顾客们的喜好与需求。我要设计的是一款两全其美的大衣——既要具备大衣本身应有的样式特点，同时又要满足顾客的追求与审美。

所以说，我必须既是设计师，又是顾客。我需要站在消费者的角度，充分理解现在流行什么、大家想要什么，然后再回到设计师的身份，开始我的设计工作。

很多设计师一不小心就会永远被禁锢在"设计师的椅子"上。确实，离开"设计师的椅子"不是一件容易的事情。设计师需要不停地转换角色——时而成为一名顾客，时而成为一名探寻历史的研究员，然后把在角色转换中收获的成果应用于设计工作中。

在东京大学里，沉睡着很多珍贵的学术资料。

医学系、农学系保管的科学类资料以及各个专业曾经使用过的椅子等设备中，有很多我从没见过的、不可思议的物品。

东京大学综合研究博物馆会用独特的视角公开、展示这些珍稀的学术资料。在特别活动展上，博物馆方还会展出日本山阶鸟类研究所的剥制标本等藏品，非常特别。在陈列摆放、灯光照明等方面，教授们都是很自豪地独立运营，没有借助外部专家的帮助。每次去东京大学博物馆，我的求知欲都能受到很大的刺激。

经一位居住在意大利的记者介绍，我有幸认识了该博物馆的教授西野嘉章（Yoshiaki Nishino）先生，并参与了东京大学的服装团体 fab 的工作。fab 是一个汇集来自东京大学等多所高校对时尚与设计感兴趣的大学生团体组织，旨在让大学生们通过服装制作拓宽视野、学习知识。这个服装团体的独特之处不仅在于他们会邀请职业设计师进行服装制作，还在于他们会把学术资料作为设计主题。

　　fab 与东京大学综合研究博物馆会以 "Mode&Science"（时尚与科学）为主题共同举办时装秀等活动。有些学生虽然从未学过、做过服装，但他们会提出诸如 "我想尝试以建筑学的视角做服装设计" 等极具创意的想法。

　　在此之前，我曾经在我担任设计师的品牌发布过以书为主题的服装、以鸟为元素的专题系列，我个人原本对于自然科学领域就很感兴趣。这些让西野嘉章教授觉得有趣，于是他邀请我给 fab 的大学生们做一些相关的指导。

　　我从 2009 年起担任了 4 年东京大学综合研究博物馆的特聘教授。作为教员，学术资料给予我诸多创作的灵感启发，发表了名为《Mode&Science by Naoki Takizawa》的作品集。

　　西野教授经常给我带来灵感的源泉。比如一幅 100 年前的已严重风化、褪色的蝴蝶标本。这个标本有一种难以用语言形容的衰败美。我在京都把以这个蝴蝶标本为主题的图案打印出来，做成了印花礼服和披肩。

在我发表的作品集中，除了有蝴蝶标本主题，还尝试挑战了植物细胞的显微镜图片、数理模型、贝壳构造等各种各样的主题。我在东京大学综合研究博物馆小石川分馆发布该作品集后，有不少时尚记者表示对此很感兴趣。

把学术资料以这样的形式加以利用——我认为这可以成为学生们的教材。

在与东京大学的合作期间，我尝试了从自然科学的角度进行思考、创作。对于我个人来说，这样的经历会对今后设计新服装有很大的参考价值。我深度挖掘了服装设计与调查研究的可能性，尝试把工业材料与烫印技术应用在服装的生产上。在打造以贝壳构造为主题的作品中，我采用了

TORAY[1] 的超高科技材料，利用无缝合连接技术，完成了一件终极冲锋衣。

以数理模型为主题的设计也非常有意思。究其根本，任何一个立方体都可以用 x 的三次方来表示，我明白了数字公式与立体构造间有着怎样的对应关系。经过一番研究后，我再次意识到我们每一个人的身体都有一套不同的立体公式。

以研究材料为线索，会创造出从未存在的崭新形态。

任何东西都能成为服装设计的灵感来源。东京大学的学术资料，就向我展示了其作为灵感来源的可能性。

1　TORAY（英文全名为 Toray Industries, Inc.）：日本的一家知名化学企业，主要生产制造合成纤维、合成树脂等化学产品及各种通信材料。

贴近人心情的色彩

无论设计什么样的产品，颜色都是一个非常重要的考量因素。

想必大家也曾在报纸和杂志上看到过类似"下一季度的流行色是……"的报道吧。大家看到这样的报道时会不会感到好奇？"下一季度的流行色"，到底是由谁来决定的？

世界各国会派出自己的代表组成一个委员会，在会上分享自己国家的流行色，随后共同讨论，选出下一季度的流行色。经委员会讨论决定的流行色会在法国第一视觉面料展（Première Vision，一个商谈面料、材质的大型国际贸易展示会）等展会上公布。

来自世界各地的服装从业者会在展会上购买关乎下个季度关键色彩情报的色卡，并将其应用在纺织品与服装设计中。

关键色是通过分析消费者心理、时代潮流、社会形势与流行色的变化规律而得出的。设计师一般来说都能察觉出接下来哪种颜色会受欢迎。我经常也能猜对下一年的流行色。

我们可以利用各式各样的线索来判断流行色的走势。

首先就是直觉。然后在大街小巷中我们也可以找到很多线索。当然，数据也可以成为我们的参考。政治事件和社会热点也会影响流行色的变化——比如有哪个宇航员去了太空成为热门话题之后，就触动了未来感颜色的流行。或者 iPhone 新发售了这款颜色的产品……产品情报也会影响未来流行的走向。

但如果金属色和极其鲜艳的荧光色成为流行色，那么即使把它们应用在服装设计上，也不会给销量带来什么帮助。即使报刊杂志说这些颜色是流行色，那也不过是说明了它们是象征今年这一整年的新鲜色。设计师们只是在观察最近的潮流动向后，选出了比较受大家欢迎的颜色，仅此而已，这绝不意味着"只要用了这些颜色，衣服就一定能卖得好"。

设计师都有一颗想改变现状的心。我们会不断探索，尝试另辟蹊径。

比如说当一家专卖店里摆满了黑色衣服的时候，我就会想"虽然黑色是这个品牌的标志色，销量很好，但我还是想尝试在其中添加些许的粉色"。我知道粉色衣服的销量不会太好，但它可以让店内的气氛变得更加明亮、活跃。有些顾客看到就会说，"原来店里的衣服全是黑色的，现在有了两件粉色的，看起来很有新鲜感"。我觉得这就够了。设计师除了要努力提高服装销量，还要重视适当提供一些令人心情愉悦的颜色。

如果顾客提出了"希望选择一款比较百搭的颜色""想要一款让人有安全感的颜色"等要求，我们也要尽可能地去满足他们。

在任何时代，都有每年必出的经典色。这是因为，颜色有着改变店铺印象的力量。

到了春夏季，店铺会有白色、黑色和亚麻色等柔色调的衣服上架。这是因为，像亚麻色这样的柔色调，能让大家联想到象征春天的树木花草——这样就能让顾客感受到季节的变化。白色、黑色具有很强的视觉冲击力，在任何时代都能给人带来一种优雅而时尚的感觉。所以在一个销售季的初始阶段，这两种颜色的衣服是必备的。这两种颜色不仅视觉冲击力很强，同时也是普遍接受度最高的一组对比色。

到了夏天，大家多多少少会晒黑一些。这时店铺就会上新一些存在感很强的颜色的衣服。在秋天，茶色、绿色、卡其色的服装会陆续出现在服装店的货架。而最近几年，雪白色基本已成为冬季的必选色。

设计师需要考虑在基础色（base colour）上融入什么强调色（accent colour），以让店铺看起来更有新鲜感。虽说经典色的销量占据 60%—70%，但设计师还是会尝试通过融入其他颜色，以把经典色呈现出不一样的感觉。

大家在看到某个颜色时，可能会觉得，"这种颜色的衣服谁会愿意穿呢"？但整体来看，这种颜色可以发挥衬托、突出其他颜色的重要作用。颜色可以给店铺带来活力、生机，给时装的搭配、造型带来更多新鲜感。

在做设计时，我们不能把流行色直接应用到服装上，因为我们设计出来的服装是给大众穿的。

我在选择颜色时，一定会综合考虑顾客的上身效果。这是我在三宅一生公司工作时养成的习惯。我经常会和大家进行类似"这个颜色是不是比较适合棕褐色皮肤的人穿"这样的讨论。对不同肤色的人如白人、黑人、黄种人来说，哪怕同样的红色，与各种皮肤相宜的色调都是不一样的。对优衣库这样的国际品牌来说，如果要设计一款有四个颜色版本的衣服，我们会先确定一两种像黑色、灰色这样的基础色，其他颜色则会根据不同国家顾客的特点予以灵活调整。

如果同一款衣服，有 50 种不同的配色可以选择，那么无论是哪个国家的顾客都能挑出一款最适合自己的。但现实中绝大部分款式的衣服都没有办法做到这个配色数量，必须进行筛选和精简。即使是这样，我也会坚持一一考虑每种肤色顾客上身效果的原则。因为适合每种肤色的服装颜色之间存在着极其细微的色调差异。

而在美国，很多设计师在挑选颜色时，除了会考虑顾客肤色的因素，还会考虑哪种颜色能够帮助顾客在商务场合提升自信与气质。一般来说，欧洲的设计师不大会在服装中使用艳粉色、荧光色，但在美国的服装店这样的配色却是屡见不鲜。所以说，选择一款能够在全世界通用的颜色是一项非常难的工作。

近年来，顾客对颜色越来越敏感了。大家都希望找到能够凸显自己个性与美的颜色。

　　那么衣服的制造商有没有做到和顾客一样敏感呢？只在纸张上选择颜色，是平面设计的思路。

　　服装是做给人穿的，所以必须贴近人的心情。

穿"哲学"

当一个人很想穿某个设计师设计的衣服时，这个人的心理活动是怎样的呢？当然，肯定会有"因为很好看，所以想买、想穿"这样的心理。身穿最前沿款式的时装带来的优越感也是一个很重要的因素。但如果考虑得再深层一点，我认为消费者是想共享这位设计师的哲学。我想，这种消费者心理不仅存在于服装行业，在其他很多领域也是共通的。

当顾客喜欢某一件商品的设计时，不仅意味着顾客喜欢设计师的审美，还意味着顾客赞同这位设计师的价值观与处世态度。三宅一生品牌的忠实顾客中，有不少人是从事建筑、艺术工作的。这些顾客的共同点是，他们都能对三宅一生先生的设计哲学产生共鸣。

我们再来看看川久保玲女士创建的品牌 CDG（Comme des Garçons），她的顾客群体是否也是一样的呢？

我个人感觉，CDG 的顾客也是能够理解川久保玲女士的思想的。他们具有一种潜意识——"通过购买 CDG 的衣服，向世人展示出不一样的自己"。也有些人的购买目的在于借助品牌服装的力量。总之，让人想把设计师的哲学穿在身上，这就是设计师的个人魅力。

在过去，服装可以精准地反映一个人的社会地位。曾经有一段时间，拥有一件迪奥（Dior）的高级定制服装就是彰显社会地位的象征。所以在当时拥有这样一件衣服就是大家的梦想，人们都为之疯狂。如果有人说他身上的衣服是纪梵希（Hubert de Givenchy）先生亲手缝制的，那简直就是至高无上的荣幸。

设计师设计出的服装，都会反映一个时代最前沿的美。在欧洲，曾经有过一段"设计师用服装引发社会变革"的历史。

所以可见那些后来在时装界确立一席之地的日本设计师们——高田贤三先生、三宅一生先生、川久保玲女士、山本耀司先生……当时决定在巴黎时装周上向时装界发起挑战时，下了多么大的决心。

那么为了在巴黎时装周上向世人证明自己，他们采取了怎样的行动呢？川久保玲女士在进军巴黎时，挑战打破常规的做法是——做出了一套全黑的服装：布料开线，破旧感突出；没有经过后续加工，却有明显裁剪痕迹。据说当时在巴黎，很多人批判她做的这套全黑服装像丧服。她讽刺了西方人的审美，打破了西方文化的禁忌，设计出了史无前例的服装。现在在服装界，黑色已经成为最热销的一款颜色。

三宅一生先生则提出了"一块布"（A Piece of Cloth）这个崭新的概念，向世人展示出了一个与以往完全不同的服装形式。他们逐渐影响了欧美人的审美观，所带来的新颖价值观获得了盛赞。

在日本设计师还不被世界认可的那个年代，一般人的想法是，要想在巴黎时装界崭露头角，就应该迎合法国人的审美，但他们没有选择这样做。

作为一个日本人，应该把什么带到巴黎的世界舞台上？先驱们在巴黎做出了一把属于自己的椅子。哦不，准确地说是拿着自己的椅子，到巴黎，掷地有声地坐下，确立了自己的一席之地。这是欧美人绝对无法模仿、极具创造性的行为。我认为这就是几位伟大的设计师至今依然非常受尊敬的原因所在。

也许正是因为在日本，西洋服装的文化基础较为薄弱，日本的设计师才能做出这些谁都未曾尝试过、极具创意的服装设计。那么，现在准备进军世界的品牌，是否拥有采用与当今市场潮流完全不同的创意一决胜负的勇气呢？

当今这个时代，正是快时尚文化发展的全盛时期，人们的着装方式和服装具有的价值都发生了天翻地覆的变化。我想在这样的环境下，提出谁都未曾提出过的创意、思考和角度，可能是一个很大的机会。

继承与培养

如何让后人继承日本宝贵的制造业文化呢？

我认为，日本和意大利有很多相似之处。这两个国家都有专业生产某种商品的产地和匠人。产地里有专业的匠人，再加上创造力与零售市场，这就构成了制造业的三要素。

意大利具备皮革制造与裁缝的技术，日本则具备布料的产业和生产技术。

20世纪八九十年代，随着欧美品牌在全球拓展市场，一些崭新的观念逐渐进入日本的时装产业。即使有些观念并不适合日本的制造业，日本企业还是将西方的经济模式、公司构造、市场营销等进行了全盘吸收。

其中一项就是在取得商标、标志等知识产权的使用权后进行大规模生产的商业模式——特许经营。在那个时代，从时装到卫生间用品，全都贴着皮尔·卡丹、博柏利、迪奥等历史悠久的名牌商标进行销售。

这些贴着名牌商标的暖水瓶、马桶坐垫、毛巾、手帕、拖鞋等商品，深受日本用户喜爱，销量非常可观。这些服装、杂货企业没有选择从零开始培养自己的品牌文化，而是直接借助知名企业现有的故事和影响力来扩大自己的事业。

而当这种特许经营模式遇到瓶颈后，"高效化"这个概念又席卷了全世界，中国制造大举进入全球市场。

反向观之，拥有优秀技术的日本产地在逐渐衰退，各地纺织产业日渐式微。如今已与1853年黑船来日后既能汲取西洋文化又守护日本传统文化的时代大不相同。

日本曾有很多机会把自己优秀的制造工艺保留下来，但我们却亲手放弃了曾经拥有的那些宝贵的制造业财富。我们在过度依赖特许经营的同时，忽视了自家匠人的高超技术，这完全是我们自己造成的。

日本制造业的衰退是必然的。三阳商会与博柏利签订的商标授权合同于2015年终止。三阳商会完全具备创造世界顶级大衣的实力，公司可以把合同终止这件事当作一个好的转机，今后依靠自己的力量开拓新的大衣市场。

西班牙的快时尚品牌飒拉（ZARA）以低廉的售价，改变了服装制造业的结构体系。ZARA的设计源于他们对市场的分析和对潮流的把控。他们利用互联网，能在几小时内把在世界各地举行的时装秀上出现的服装信息全部收集，并据此分析今后的潮流动向，尽可能低价、快速地打造出顾客想要的服装款式。同时，ZARA还将时尚传媒网站的宣传作用发挥得淋漓尽致。

这就是新时代的服装制造。那么为什么当我们说到"伟大的设计师"时，总是会想起20世纪七八十年代时装界的开拓者三宅一生先生、川久保玲女士、山本耀司先生等人而不是别人呢？

大家都在说，以现在公司的这种经营模式，很难培养出知名设计师。即便进入一家时装公司，设计师也很难在工作中充分发挥自己的个性。 大多数企业都会以能否设计出畅销商品作为评价一位设计师的标准。 公司首先重视的是销量，而设计师个人的思想、创意则愈来愈难以得到合理的评价。 这就是当今日本服装业直面的一大难题。 再进一步说，我认为当前日本服装职业学校的教育方式也有一些值得商榷的地方。 我认为老师应该教给学生更多实际在服装制作中会用到的知识，帮助学生掌握设计符合当下潮流服装的能力。 此外，我认为还应该让大家从学生时代就接触有关经营、商业方面知识的教育。

在国外，有些大学生可以以无偿形式获得在大品牌工作的机会，接受知名设计师的亲自指导。 即便年龄较小，只要实力足够，设计师也有可能把在巴黎时装周上展出的服装交给学生去做。

在这个竞争十分激烈的时代，设计师对服装要有独特的见解与思考。 品牌独有的个性正在逐渐减弱。 而品牌独有的个性，源于企业构建生产制作文化过程中积累的文化底蕴。我认为这部分可以说是企业的心脏。

信念，才是一切创新的基础。

事到如今，即便大品牌和零售店高喊"日本制造（Made in Japan）"的口号，也无法实现让时光倒流回从前。每个时代的人们，都有专属于各自时代的想法。

源自大众观念的美学

　　如果站在全球化的角度来思考的话，那么制造业最希望日本提供的，就是具有日本特色的商品。

　　日本和欧洲在设计上最根本的差异是什么？我认为这个问题的答案是——日本设计中蕴含着源于大众文化的趣味性。而在欧洲是完全相反的——欧洲的文化是自上而下，由贵族阶级逐渐扩散至庶民阶级的。

　　历史见证了日本的市民文化在室町时代、江户时代不断繁荣，其价值观和影响力逐步提升的过程。日本著名的落语[1]节目《目黑的秋刀鱼》就是反映当时这一社会现象的典型代表作——同样一条秋刀鱼，百姓烤出来的就很美味，而幕府将军的御用厨师长烹调出来的却很难吃。庶民阶层创造出来的价值能传为佳话，在历史上这样的国家可谓少之又少。

　　我过去曾在桑泽设计研究所（Kuwasawa Design School）

　　1　落语：日本传统曲艺形式，类似中国的单口相声。

有过一段学习经历，研究所的创始人桑泽洋子（Yoko Kuwasawa）老师在进行服装设计时经常会借鉴农民的工作服。靛蓝的染色和独特的补丁本身就是一种图案与设计。

只要肯下功夫琢磨，任何人——无论身高、体形如何都能把和服穿得很得体。这和木工会根据和服的尺寸打造衣柜是一个道理。在做和服时，有一个专门丈量布料长宽的计量单位叫着尺，我认为这个单位制定得很合理。

过去日本人还把外表朴实素雅、内里精心设计的和服当作一种风流和时尚。在过去大家普遍认为，女性穿上和服后稍微露出一点后颈部和脚踝会显得很性感。百姓穿的和服用到的条纹、格子图案，蓝色、茶色等颜色中蕴含着"雅[1] 俗兼容"的独特美学——这些全部都是源于大众的

1　雅：其对应的日语词——粹（いき），是日本形容具有魅力气质与态度的独特用词。

美学。

　　日本的设计从很久以前就是以大众思想、大众美学为基础的。 日本百姓对于颜色、条纹的审美、感知能力是很细腻的。

　　迄今为止日本研发出来的那些震惊世界的产品，基本都是将普通大众"如果能有一个这样的东西就好了"这种朴素的愿望实现的成果。 比如索尼的随身听（Walkman）、丰田的混合动力车普锐斯（PRIUS Hybrid）……这些家喻户晓的商品都是如此。

　　在时装领域，日本的设计师开发出了超越西方人常识的服装形态。 三宅一生先生推行的直线菜刀式裁剪法和"一块布"概念，都是极其合理且富有创意的。 这些理念与手法至今仍然对欧美的设计师有着重要的影响。

　　在原宿风靡了一个时代的竹之子族的"舞蹈风时装"，诞生于涩谷的"山姥辣妹妆"，起源于秋叶原的"AKB 48 制服风"……这些都可以说是源于普通大众想法的产物。

精选原料、注重细节、以新的组合方式创造新事物，这些是日本人所擅长的。

而日本人欠缺的是，将自己设计出来的这些商品的价值，用巧妙的表达方式传达给世人的能力。

美国人就很擅长这些。

举个例子来说，20世纪80年代，美国的休闲时装品牌盖璞（GAP）推出了一款带口袋的T恤衫。其实就是在T恤上加一个口袋，可以说是普通得不能再普通的一个设计。

没想到，盖璞竟然将这款T恤命名为"口袋T"，并随即开展大力度宣传活动。

就是这样一件没有什么新奇设计的衬衫，美国人在看到有关它的宣传后，竟纷纷表示："哎，这件衬衫上面有个口袋，看上去还挺酷的！""这件衣服可太有意思了"……顾客纷纷被其魅力所感染，大家都能从这件T恤上发现各种价值。所以说我们在设计出一件好的商品之后，还必须要设计出能够打动顾客心灵的语言。

优衣库从顾客生活的角度出发，提出了"打造终极日常服装"的设计理念。优衣库推出的保暖内衣 HEATTECH 和高级轻型羽绒服 Ultra Light Down 都源于"将科技与时尚结合"的日本式思维。相较于时尚，优衣库服装更注重其商品性，并立足所有国籍、所有年龄层顾客的日常生活，为顾客传递"服饰的喜悦"。

日本制造（Made in Japan）

　　日本人在进行生产制造时，有非常多的讲究——对于产品会进行深入研究、对于各种约定和规章制度也会严格遵守。日本拥有如此独特的国民性。

　　但日本的制造业产地现在却在逐渐走向衰落。我认为，当年日本应该早一点在国际市场上确立"高端商品生产基地"的地位。各类品牌选择中国、东南亚、东欧生产价格实惠的产品，而生产高品质商品的时候选择日本为产地。然而日本并未能成功构建这一立场。

　　京都的和服、冈山的牛仔裤、福井的高密度纺织物……日本分布着许多具备世界顶尖技术的产地。我认为这些产地如果想要存活下去，就需要进一步深入了解外国高端品牌的需求，并开发出他们想要的产品。

　　日本福井县鲭江市以生产眼镜闻名，是全球三大眼镜制造中心之一。我在与当地匠人的沟通过程中了解到，鲭江的制造工艺是世界公认的，来自欧洲高级品牌的订单也源源不断。

　　但全球范围内一般都不知道"Sabae"（鯖江的英语拼写）这么一个眼镜产地，甚至有相当一部分日本人对此也是毫不了解。 即便这样，眼镜上还是写着"Made in Sabae"。我对当地的匠人说道："我认为如果不把'鯖江'本身品牌化，那么即便这样标注也起不到什么宣传效果。"

　　我继续提议：

　　"我们要不要重点宣传一下'手工制作的高端品牌镜架'这一亮点？"

　　"包装也要设计得更加精美一些……"

　　"单单凭借在产品上标注'Made in Sabae'，品牌效应是远远不够的……"

　　也许我说得有点过了。 但我对匠人们建言，为了能让他们优秀的技术得以传承，需要开创"量产模式"与"至高品质模式"两种模式。 只要同时做到这两点，自然就能推进鲭江眼镜品牌化的进程。然后就是创作品牌故事。他们需要先想清楚，他们生产出来的眼镜的顾客群体主要分布在哪里，进而选择合适的门店进行合作。最后，再结合前面的这些基础设定，具体考虑要怎样设计门店环境，才能更好地衬托出商品的价值。这样，鲭江就能通过门店逐步实现自己的品牌化。

我们要从各种角度向世人展示出"鲭江制造"的美。眼镜盒就不必多说了，配套的说明书、宣传册以及店内的照明、地板、墙壁等设置都要做到与鲭江眼镜架的级别、层次相匹配。也就是说我们要从商品的角度出发，进行一系列的逆推。

最近很流行在商品上标注"日本制造"（Made in Japan）。各大商场、超市经常会把源自日本各地的商品组合在一起，统一标注"日本制造"。

但貌似有些人认为只要强调"日本制造"，商品就一定能卖得好。这导致部分企业为了销售业绩而生产"日本制造"的产品。

有些零售商和企业表示愿意大力支持日本的生产制造业。这种态度固然是好的，但问题在于让这些匠人们制作商品、展示高超技艺的机会实在是太少了。

意大利的某知名品牌，会将每一类衣服分别委托给擅长此领域的工厂去制作——大衣交给爱勒格力（Allegri）、夹克衫找希尔顿、衬衫委托给芭古达（Bagutta）……这完全就是设计工作室的模式。

"只要交给希尔顿做，就一定能拿到最高品质的夹克衫。"——企业在委托生产时，会选择和这样的高端工厂去合作，并在服装上冠以自己品牌的商标销售，这就是 OEM[1]

---

1 OEM（Original Equipment Manufacturer）：一般翻译为原始设备制造商，俗称贴牌代工厂。

生产模式。

在这个合作过程中，品牌方可以保证将满足高端品牌水准的产品拿到手；而对于工厂来说，和高端品牌的合作，会让他们的生产技术更上一层楼，工厂自己的品牌口碑也会随之提升。进一步说，这种合作模式会促进整个意大利国内服装生产水平的提升。

在推行生产项目时，我们需要的是熟知国际市场且曾经有过失败经历的人才。负责推进项目的人必须清楚我们要做什么、要把它拿到哪个国家、在什么样的店里销售，才能让全世界感受到日本制造的卓越。

设计师需要具备制片人的资质。作为制片人，如果不能全盘把握从产地到卖场的呈现方式的话，就无法下达明确的指示。他们需要亲自去意大利参观原料产地，或是去英国积累一点做鞋的经验……他们还需要和匠人们对话，去了解每一样产品为什么是被这样制造出来的。因为只有充分了解生产现场，才能真正了解制造业的本质。

我们不应该把视野仅仅局限于服装、鞋、包上，还应该广泛涉猎建筑、装潢、广告和画报等领域的知识。经过这番磨炼的人，就能为应该如何进行销售提出建设性意见，指导店铺的装修设计。像这样经过全方位考量的商品，一定能够打动消费者的心，让大家从中体会到"世界观"。

掌握理论与拥有将理论付诸实践的经验之间，存在一条巨大的鸿沟。

舞台这一空间

大家听说过威廉·弗西斯（William Forsythe）吗？

如果大家对舞蹈不是很感兴趣的话，也许会对这个名字感到陌生。威廉·弗西斯是来自美国的芭蕾舞演员、编舞者。他在舞蹈界、艺术界备受尊重，在业内几乎没有人不知道他的名字。

如果您未曾听说过这个人的话，我强烈推荐您去网上搜索一下他的舞蹈作品。他在朴素的舞台上展现出来的舞姿，相信会让您看得目不转睛。他的跳动极具震撼力，看过他舞蹈的人无不为之征服，他的表演绝对是无法用简单的"舞蹈"二字概括的。即便是隔着屏幕，他的舞蹈仍然可以打动人心。

威廉·弗西斯的舞台是黑白的世界，身上穿的只是一件T恤和简单的裤子，但是他的动作总是出其不意。他会先给人制造一种要往这边走的假象，实则跳向另一边。看似向左，实则向右——这简直就像是在描绘人类感情的跌宕起伏。

他曾经说过："当用身体去表达人类的感情时，得到的就是我这样的舞蹈。"

威廉·弗西斯先生对我影响颇深。多年前，三宅一生先生让我来设计威廉·弗西斯先生的表演服，我就这样结识了威廉·弗西斯先生。

身体，舞台空间，照在上面的灯光，音乐，还有服装，这些元素没有边界地融合为一体时，就会构建出一个"小宇宙"。

构成这种空间艺术的元素，其实和时装秀有很多相似之处。理解威廉·弗西斯先生如何创造他自己的"小宇宙"，对我后来策划时装秀起到了非常重要的帮助。

策划一场巴黎时装秀，就是编织故事（story making）的过程。

我们只有15分钟时间，将当季时装的主题用无声的方式传递给观众。我们可以通过调整舞台设定，让观众看到隐藏在时装后的背景和我们的内心世界。通过调整照明，可以完全改变时装秀给观众带来的印象。整个过程没有任何解说，但是观众能够从中感受到内容。

没错，这和茶室内的"宇宙感"是很类似的。

关键就在于我们能否将观众的感情、感受带入我们的世界，让观众与我们产生共鸣。

巴黎时装周的舞台，是由服装、音乐、空间、美术以及来自各个国家、拥有不同审美的设计师们、创作家们共同构成的。

我的设计受到了很多事物的影响，空间艺术就是其中之一。怎样才能撼动人的心灵？在各种展会和时装秀之中，其实就蕴含着解答这个问题的线索。

我从威廉·弗西斯先生的空间艺术中学到的重要的特质之一，就是团队合作。

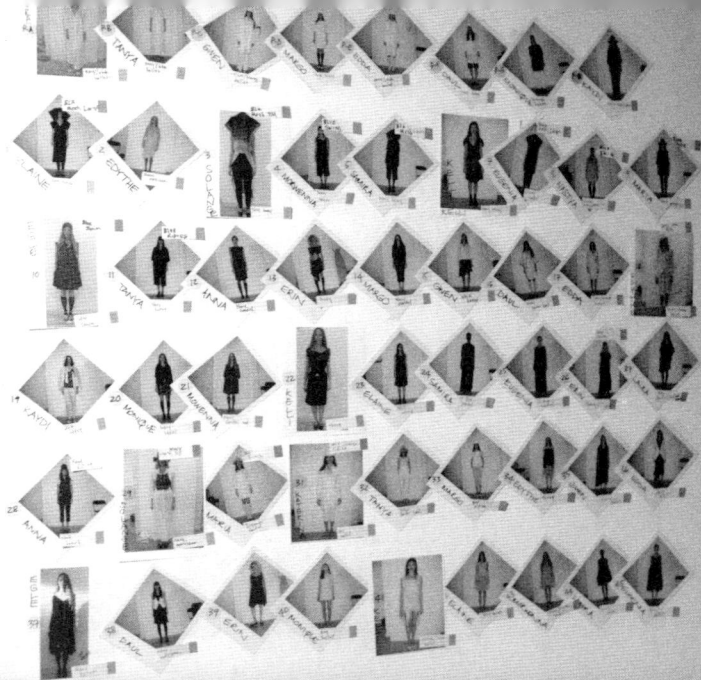

　　威廉·弗西斯先生有一套一以贯之的美学理念，但他也会经常听取其他舞蹈演员、灯光师、音乐师们的意见。他在用心倾听别人建议的同时，会对自己之前设计好的舞蹈动作、表现形式进行修改。听取建议和修改内容在他这里是以"现在进行时态"同步进行的，眨眼间他的作品就发生了天翻地覆般的改变。我曾亲眼见证过弗西斯团队合作创造艺术的瞬间，当我缓过神来时，作品已经和他最初构想的版本有了脱胎换骨般的变化。

　　这就是团队的强大与可怕之处。

70%的调查研究+30%的实际应用

从在三宅一生公司工作时起，我就一直认为调查研究占到整个设计工作的 70%。我当时认识到，自己的设计技术不如同期的设计师们。为了弥补设计能力上的不足，我拼命地做了大量的调查研究。由此，我逐渐确立了属于自己的设计方法——"70% 的调查研究 +30% 的实际应用"。我会在这 30% 中，融入让大家开心的元素和创意。

一直以来，我都会告诫优衣库的新晋设计师们："要想找到答案，就多去做调查研究。"在着手工作之前，要对设计、市场、科技等方面做全方位的调查研究。

我会向设计师们提问，"请你解释一下，为什么这件衬衫的领子是这个形状、这个尺寸"。

"因为我觉得很好。"——这种说法是不能被算作答案的。

能捕捉到多少世间的变化，对一名设计师来说是至关重要的。设计师需要给出类似"现在夹克衫领子的尺寸和领带的尺寸有何种变化趋势，所以要把衬衫设计成这样"的分析，并在此基础上做出自己独到的设计。

我在为三宅一生先生做助手时，有一项工作是绝对要做的——为设计会议做准备工作。

通过每天观察前辈们的工作，我意识到只有把准备工作做得足够充分，会议效果才能达到最佳。而如果会议效果不能达到最佳，就无法得出一个满意的结论。

想要得到满意的结论，唯一的方法就是在用心思考前，先用手去触碰、感受材料，去掌握现实的信息。

我每次在做准备工作时，会把所有的材料全拿到桌面上。参考书籍、资料、照片、布片、扣子、皮革碎片……而为了收集这些材料，我会把调查研究工作做到极致。因为收集的材料越多，得到的答案就会越准确。这是我从准备工作中得到的体会。

有时候，三宅一生先生会给我们出题。

"腰带。"

我们会先画出一张腰带的设计图纸，但当我们实际摸到皮革材料后，我们就需要对设计稿进行修改——我们要根据皮革的质感和厚度调整腰带扣部分的结构。而与之相反，如果我们先决定好要用某款腰带扣的话，就要根据腰带扣去选择合适的皮革材料。所以说，如果在设计现场我们不能同时看到实际的皮革和腰带扣样本，我们就无法完成准确的设计工作。

为了能在桌面上堆满各种材料，我常常夜以继日地投身于调查研究工作中。

尤其是在那个还没有互联网的时代，更需要如此。

首先我会翻开一本很厚的电话本，一家一家地去问对方手上有没有我想要的材料。我先从电话本里筛选出位于东京都内的皮革批发商，位于浅草、上野（日本东京内的地名）的中古服装店以及专门收集美军淘汰品的店铺的电话号码，因为从这些地方可以收集到军服、皮带、帐篷、降落伞、毛毯等材料。然后我就会一个接一个地给这些地方打电话。

如果我想直接看到制作这些材料的原材料，那就要再下一番功夫。我会亲自跑到皮革批发商店里一件一件地看，如果我想要的东西不在东京，我就会跑到外地去寻找。

我寻找店铺、批发商的窍门其实很简单——我就在电话本上找名称里面带"革"字的，这样所有相关企业都会出现。面对眼前众多的电话号码，我筛选的方法也很简单——总之就是先找广告规模做得大的。

每次我都会挨家挨户打电话问："我现在想找这种皮革。""请问您那里有麻绳吗？"……如果对方那里有我想要的材料，我就会和对方约好时间，每家都亲自去看一遍。但这种做法简直就和上门推销没什么两样，非常费时间。

我后来又在上野、浅草一带搜寻了一段时间，没想到仅仅为了获得一种材料，不知不觉三四天就过去了。但正可谓熟能生巧——后来我为了做箱包找有优质聚乙烯资源的商家、收集生橡胶等工业耗材的时候，效率就提高了不少。

在开会时，我会把这些收集来的材料都放到桌面上，让三宅一生先生来挑选，看他想在这次的服装展里用哪种材料。他确定好材料之后，紧接着下一道题就来了——怎么加工。这次就要开始对染色工厂进行调查研究了。

在东京没找到理想的工厂，那就再动身去外地。

渐渐地，我就能在脑子里把产地和加工厂的特点联系在一起。比如说想用这种染色工艺，就要去京都；要用麻就找这里、要找棉花就去那里、要采购皮革就去……各类信息会不断输入我的大脑中。

然后就会向原材料逐步靠近。

浅草那家批发店里的皮革是在哪里加工的？——是在兵库县的姬路市。那么姬路市内鹿皮加工做得最好的又是哪家呢？……

　　在做调查研究的过程中，我也运用了很多个人经验。我以前学过剑道，还曾经到剑道用品店，问老板能不能把剑道防具上的皮革用作衣服的面料。剑道防具使用的是一种熏染过的特殊皮革。熏染是一种用烟熏加工鹿皮的方式，在手法上与熏制有很多相似之处。奈良生产的剑道防具在日本很有名，于是我就去了奈良。然后去剑具店，再从那里探寻生产原材料的厂商……我进行的这些调查研究，真的很像警察的刑侦工作。

　　调查研究的经历会转化为数据，不断积累，而我自己则会逐渐成为搜索材料、产地、加工厂的"辞典"。我可以准确地说出："要找这种材料，就去……"用身体记住的东西，是不会忘记的。我到后来才慢慢意识到——亲临现场，是收获知识、积累经验的最佳方法。

　　去参观加工现场时，你一定能看到一样东西，那就是失败品。而事实上，这些形形色色的残次品中往往蕴藏着不为人知的财富。

谁都知道，在生产现场不可能连一件失败品都没有，而永远都是成品。我每次一定会让工人们把失败品拿来给我看。因为说不定这些失败品中，就蕴含着自己理想中的设计元素。一块染到一半就被淘汰的皮革，离成品还差两道工序——对于工人来说，这不过就是一件普通的失败品。工人会把它丢在一边，而我却觉得它很有趣。有些时候我会觉得某件失败品的样子，恰恰就是我一直想要追求的效果。发现这种失败品后，我会兴奋地大喊："对，没错！就是它！"

可当我问工人们"您是怎么做出这种效果的""能不能再帮我做出个一样的"时，他们基本上都会说"我不记得了""是怎么搞得来着"……随后工人们又会尝试各种办法复原我想要的那种失败品。

　　然后在这个过程中，我又能发现比刚刚那件更好的失败品，或是想到这种材料的新用途。于是设计和生产的思维就会再次被拓宽。意外经常是接连发生的——当我拜托工人复制上次出现的意外时，这次又会出现新的意外，在复制过程中没想到竟又出现了另外一种完全不一样的风格。有时我也会感叹；"哎！这个也不错呀！"

　　店面里摆放的都是那些谁都能找到的东西。越是往河水的上游走，发掘出世人未曾见过的东西的可能性就越大。和负责加工原料的工人交流，会带给我很多原创的灵感。这些灵感是富有深度的，能帮助我完成别人无法模仿、超越别人的商品。

　　现在大家都会坐在电脑前去收集信息，看到的所有东西都是通过屏幕呈现的。但隔着屏幕，我们无法亲身感受到材料的质感；隔着屏幕，挖掘出新事物的可能性是零。

　　我想强调的是对外的调查研究。材料、科技、匠人的

LAYOUT PAPER
L-5854 50sheets size-B4
レイアウトペーパー/50枚

	BODY	STITCH
BLACK	BLACK	SILVER
NAVY	NAVY	SILVER
BEIGE	BEIGE	SILVER

技术、染色工艺……为了全方位地了解这些内容，我们必须追本溯源，亲自前往生产制作的现场。

过程当中，蕴含着最大的灵感与线索。

何谓助手

我在 30—40 岁期间，一直在三宅一生公司担任创意总监。1993 年负责三宅一生男士系列，2000 年负责三宅一生女士系列。虽说是"担任"，但主要任务还是继承创始人三宅一生先生的设计理念与个人品牌。在这份工作中，我给自己的定位是二把手。

通常在工作中，二把手要时刻考虑最高层（一把手）的理念和想法。当然这也是为了不断提高自己的能力，但最主要的目的还是为了确保整个公司的工作能够有条不紊地进行。

我当时的目标是什么呢？我一心想做到的是，跟三宅一生先生思考问题的速度同步。当然，这是做不到的。我是永远追不上三宅先生的。但我还是付出了很多努力，希望能够把跟他之间的差距尽可能缩小一点。

我从做助手的时候开始，就萌生了这样的想法。

在一次设计会议上，三宅先生拿起了一块布。然后我就会根据此前的会议内容和试样情况，尝试推测他要拿的下一样东西是什么。我还会尝试从三宅先生的话语、眼神、手部动作等细节获取信息。如果我接收不到这些信息，那就说明我这个助手做得还不够到位。所以我会尽可能努力与三宅先生做到思想同步，不放过任何一个小的细节，任何一个瞬间。

"哎？"

接下来我就会思考，三宅先生在会议上发出的这个疑问词，有什么含义。

会议室里的架子上，挂着各种颜色的布料。三宅先生拿起一块靛蓝色的羊毛材料，搭在了肩上。接下来我就会猜想，三宅先生是不是想用这块面料做大衣。因为在做一套造型设计时，必须要把夹克衫的面料、衬衫的面料、裤子的面料一次性全都备好。

首先，我会在脑中酝酿，用心思考需要准备怎样的材料，但很多时候还是会偏离三宅先生的想法。每次出现这种情况，三宅先生就会斥责我说："不对！"如果不更加用心去思考，我就无法成为一名合格的助手，甚至还会给三宅先生添麻烦。

我认为迅速理解、捕捉三宅先生说的"这个""那个"就是我的职责。工作人员经常问我："泷泽先生，你怎么就能知道三宅先生说的'那个'指的是什么呢？"想要理解三宅先生话中的意思，仅靠言语的上下文去判断，是远远不够的。

这就是助手的工作——尽可能帮助最高层节省时间。在我拼命追赶三宅先生身影的过程中，渐渐地，我学会了如何去做设计。

完美地给出三宅先生想要的答案——那是我最开心的瞬间。所以当我第一次看到优衣库的年轻设计师们时，我会跟他们说：

"各位，现在还没有做好做设计的准备呀？"

"调查研究占设计的70%"，这是我的设计理念之一。

　　而事前的准备工作也是包含在调查研究之内的。比如：之前我们在讨论衬衫设计时参考了这本杂志的内容，那么在这次涉及衬衫设计的会议上也要把这本杂志带上。纽扣等配件、色样、上次讨论时用到的必要的东西也要全部备齐。在准备阶段，我们必须要把能想到的内容全部考虑周全。

　　有不少企业十分重视与销售成绩和流行趋势有关的数据，却没有在投入生产之前贯彻调查研究的文化习惯。热销商品的资料固然非常重要，但更重要的是要解读出隐藏在数据背后的消费者心理、分析出下一季度的潮流动向。因为我们的工作是负责生产制造。

　　在确定颜色的时候，要准备几百个颜色的色表。我们要在充分了解各季度流行色故事的基础上，确定使用哪种基础色、哪种强调色。我们还要根据原料材质以及用途，为每件单品分别选择合适的颜色。

　　不仅如此，我们还要准备腰带、围巾、鞋等所有用于构成一套造型的配饰来进行参考。夹克衫的颜色确定好了，那么接下来衬衫要怎么办？这时如果你因为没有可以参考的样本而张皇失措，那你就是个不合格的设计师。因为这些多余的工作会浪费太多的时间。

只是一个颜色选择而已，为什么要紧张到那个地步呢？

因为我们要尽可能减少从头重做的概率。如果我们在选颜色的时候只盯着纸上的色表看，就经常会在实际作业的阶段遇到使用某种面料却染不出理想颜色效果的情况。

一粒扣子就足以改变一整套服装。比如说我们打造出了一粒漂亮的黄色椰子扣，但因为没有事先确定好整套造型的配色，导致这粒扣子嵌上去后给人一种很强烈的违和感。那这时就只能推翻重做了。

如果不能在准备阶段把问题考虑到最细致，后续就会接连出现各种问题。

这样，是不能被称为专业的设计师的。

工作室是创作的摇篮

工作室能尽显其主人的审美水平和风格。

只要踏进一家工作室，就能明确感受到这家公司最重视的是什么。我这样说，是毫不为过的。

工作室就像妈妈的肚子，是孕育、创造新事物的地方，所以工作室的环境必须和要创作的作品一样纯粹。然后，我们需要在工作室准备和即将创作的作品有同等价值的东西。

如果是一家做设计的公司，就一定要在工作室备全桌椅等家具、待客的茶杯、纸笔等文具……这些物品的价位如何不是重点，重点在于有没有精心设计过这些物品在房间里的摆放和搭配。

以创意设计师佐藤可士和（Kashiwa Sato）先生的工作室为例。宽敞的会议室被四面白墙所包围，设计资料全被收纳到了看不到的地方。这是一个什么都没有的空间。我每次来到他的会议室，就总能从零开始思考事务。井井有条的工作室，跟佐藤先生的超整理术形成呼应。他那无色的房间，就像一块会变的幕布——无论是以山为主题的作品、还是以海为主题的作品，都和墙壁显得非常搭配。

在三宅一生公司的工作室里，也摆放着许多体现美的作品，美充斥着工作室的每一个角落。在这样的环境下，我们创造出来的作品和周围的高水平作品相比，是更胜一筹、略显逊色还是平分秋色，真的是一目了然。单看一粒扣子，造型整体的水平就高下立判。

服装在被模特穿上身的一瞬间会被赋予灵魂，变得栩栩如生。当模特穿上衣服行走在美的空间，为这里带来某种氛围时，我们就能判断出服装和工作室的氛围是否属于同一维度。如果设计出来的服装气场不如工作室强，那就说明自己还有很多不足之处，需要更加努力。如果设计出来的服装能和工作室整体的气场同步，我就会认为这件衣服完成得质量很高。三宅一生先生在工作室这个空间内展现了他的审美水平，我会将每件作品拿来与其进行比较，看作品有没有达到三宅先生的标准。

　　我的公司有时会做产品设计，有时也会做与设计相关的指导和咨询业务。与我们有业务来往的公司很多，我们的业务范围也相对比较广泛。所以我会在会议室里的书架上备齐时尚、艺术、历史等各领域的书籍，以便我们在开展任何一种业务时，都能在这里找到参考材料。此外，我从在三宅一生公司工作时期就有在服装的主题中融入自然元素的偏好，所以我会把工作室选在可以看到自然与绿色风景的地方。我有一间工作室，位于代官山（日本东京地名）的Hillside Terrace，从那里的露台能一眼望到大片绿色风景。

　　能否将工作室布置成一个让五感更加敏锐的环境，也是一个很关键的点。比如说香水就会让人嗅觉迟钝，喷香水的时候也许一不小心就会把味道弄到样衣上。为了能够敏感地辨别声音、面料质感等元素，我们一定要时刻保证自己的五感处于中立状态。我一直致力于打造能够随时切换工作的环境。

空间影响设计的事例有很多。

令人不可思议的是，在狭小的空间进行设计，做出来的服装就会显得很没有精神；而在宽敞的地方工作，做出来的就很有生机，这和绘画的道理简直是如出一辙。那些高端定制服装，看上去总给人一种很有分量、很有层次的感觉。那是因为一般高端定制服装都是在宴会等级别较高的场合穿的，在这种场合人们必须要展示出与日常生活不一样的存在感。所以多数情况下，那些负责打造高端定制服装的欧洲设计师，都会在很宽敞的空间进行设计工作。日本的设计师则经常习惯在相对狭小的空间工作，我想这也许和日本以较具合理性且规模较小的服装制作为中心有一定的关系。

在杂乱的空间中，设计师很难将精力全部集中在服装设计上，甚至连发现缺点都变得困难。然后，设计师就会不

自觉地想敷衍了事。

我已经习惯了在汇聚各种美元素的工作室里进行设计。所以在我从公司独立后参观各种时装品牌的工作室时，起初真的是没少吃惊。

某公司策划部负责人的工作桌下简直是一片狼藉，脚边堆满了薯片、泡面。公司也没有专门设置用来做试样的地方，大家就挤在桌子和桌子的缝隙间工作，感觉随时都有可能碰到旁边人的胳膊……试样负责人站在远处观察服装，根本看不出服装有哪些缺点和瑕疵，也确定不了口袋位置等细节问题。在这里，模特甚至没有可以自由走动的空间。我很怀疑，在这种工作环境中，设计师真的能设计出高质量的服装吗？

记得我曾多次因为看到类似的场景而哑口无言——设计现场怎么能是这副样子？当然很多时候，这种情况是因为企业没有太多可以用于打造工作室环境的经费所造成的。

但我认为，如果想让工作室能够激发设计师灵感与创意，就一定要把环境打造得尽可能美一些。哪怕只是将桌子摆放整齐，对布局稍加设计，看起来就会美观很多。

在工作时，环境是至关重要的。"你的工作室给人带来的印象"和"你作为一名设计师，要打造的故事"一定是要重合的。

如果一个人从事与美相关的工作，就一定要培养甄别美的能力。工作室就是培养这种能力的场所之一。我坚信，美带给我们的适度的紧张感与压力，会促使我们的设计与生产制造不断进化。

佐藤可士和先生的连环发问

　　从著名创意设计师佐藤可士和先生的身上，我学会了应该如何将多重信息组织在一起传达给别人。

　　我在向别人传递信息时，一般都会采用以"物"为起点的逻辑方式。而佐藤可士和先生则会思考怎样分阶段进行说明，以便让对方最容易理解。在任职洋马（Yanmar）品牌设计总监时期，他经常思考怎样才能让别人最大限度地理解洋马的企业变革。

　　佐藤先生的思路非常独特。

　　请以设计法拉利闻名的奥山清行（Kiyoyuki Okuyama）先生设计拖拉机、请我设计新一代农业工作服……一方面，佐藤先生会用这些作品，让外部人士对洋马进行的改革产生深刻印象。另一方面，他会督促公司内部的员工了解企业发生的转变，让大家全部投入到品牌建设的工作中。

　　佐藤先生将极具创意的想法成功渗透到了公司内外。

　　"整理，整顿"是佐藤先生创作的基本理念。

在整理事物的过程中，我们就能逐渐明白我们要做的是怎样的产品。比如说在进行品牌建设这项工作时，我们整理企业 LOGO、形象、理念、历史的过程就像是穿衣，打造一套"造型"的过程。这就如把夹克衫、衬衫、裤子、手表、眼镜……一件件整理好穿戴在身上是一样的，一点点打造一套契合企业的造型设计。

我和佐藤先生的第一次业务合作，是为三宅一生品牌的"嘻哈裤子"（Hip Hop Pants）男装秀设计邀请函。

当时佐藤先生凭借策划 SMAP[1] 的宣传吸引了很多关注。我看到大街小巷都充斥着 SMAP 的广告，一时间不知道这是在宣传 SMAP 新出的专辑，还是在宣传 SMAP 新代言的清凉饮料，总之就是给我留下了极其深刻的印象。"佐藤可

1　SMAP：日本国民歌唱偶像组合，取"Sports Music Assemble People"的首个英文字母而成。由木村拓哉等 5 位成员组成，1988 年成立，2016 年解散。

士和"这个名字也变得越来越有名气，我当时就在想，这个人好厉害！

在他所有的作品中，我对其平面设计作品最感兴趣。就拿他为 SMAP 设计的标志来说，他使用的线条、配色无不给人一种明快而条理清晰的感觉，令人印象深刻。我认为他已经突破了传统平面设计的框架。这就是我拜托他为三宅一生男士系列设计邀请函的原因。

在这场三宅一生"嘻哈裤子"男装秀上，裤子是造型的主角。我拜托佐藤先生，希望设计邀请函的同时，也帮我们设计一下服装的图案。佐藤先生不仅是一名设计师，还是一位音乐人。我期待他能把音乐的节奏和韵律用平面设计呈现出来。

在时装秀当天，我们会为到场的记者朋友们准备一份宣传资料袋（press kit）。

佐藤先生问我，当天要怎么向记者朋友们分发这份宣传资料袋。我回答他，会事先放在会场的椅子上。他说：
"那在进行设计的时候，就要充分利用'显眼''大家都能看到'这些优势。"他在资料袋上使用了荧光色，虽然资料袋和整个会场的规模相比很渺小，但却十分引人注目。会场的座椅被五颜六色的资料袋"占领"后，整个空间本身就营造出了一种强烈的嘻哈氛围。

后来，位于东京六本木的"三宅一生 by 泷泽直己"（Issey Miyake by Naoki Takizawa）新店开业后，我又请佐藤先生帮我设计橱窗展示、T恤、排字艺术……

能把旧的东西做出新的感觉、有让静的东西动起来的能力——这就是创意设计师佐藤可士和先生的过人之处。在和佐藤先生的对话过程中，我自己的思路也会不断得到整理。

因为他会向我连环发问。"这部分是什么意思？""是这个意思吗？""还是那个意思？"……其实，有些问题他只要稍微看一眼就能明白，大可不必来问我，但他就是会问出来。这样的问答持续一段时间后，我那些原本模糊不清的想法逐渐显现出了清晰的轮廓。佐藤先生的连环发问，帮我确定了自己要前进的方向。

在与佐藤先生的合作过程中，我发现自己逐渐喜欢上了佐藤先生的工作节奏，想做的东西也变得越来越多，这真的让我感到非常不可思议。

接下来，我又请佐藤先生为"三宅一生 FETE 店"（Issey Miyake FETE）做翻新设计。我们希望可以吸引更多年轻的顾客来穿我们品牌的服装。那时以 NIGO[1] 先生为代表的里原宿街头风正引领着时尚界的潮流，年轻人非常喜欢这种绘画风的 T 恤。在那个时代，通过时装，你可以感

1　NIGO：日本潮牌 A BATHING APE（又名 Bape）品牌创始人。本名长尾智明。

觉到音乐，感觉到节奏。佐藤先生把这种气氛完美地展示到了三维空间中。

后来，佐藤先生接手了很多企业的品牌设计工作，这次就轮到他来邀请我一起合作了。我们一起设计了大阪一家医院的制服，还一起做过洋马的品牌设计。我们甚至还在优衣库共同任职过一段时间，只是具体负责的工作内容不同罢了。我和佐藤先生之间，真的是有不可思议的缘分。

和佐藤先生一起工作让人感觉很舒服，总是能在不知不觉中最大限度地发挥出自己的潜力。因为他很明白，怎样能让搭档的状态调到最佳。

佐藤先生在做品牌建设时，会深入企业内部，或是深入委托人内心，去寻找、判断最该提炼的是什么，最该舍弃的是什么。然后，他会给我们下达一些指示，诸如："我整体要做出的是这种效果，所以大家要把这里做成这样。"他会通过这样的安排，让他选择的人发挥出最高的水平。作为一名设计师，在听到这样的指示后，我能将精力完全集中在自己的工作上。

佐藤先生还是一名电影导演。他能让主角和配角都扮演好各自的角色。在分配角色时，他也绝不以自我为中心，而是给予演技指导。他在这方面的才能堪比斯皮尔伯格、塔伦蒂诺等世界级导演。

导演和制片人如果独自一人冲在最前面，旁边的人就会陷入迷茫，不知所措。所以导演和制片人一定要学习如何通过沟通、安排与交涉，充分调动出所有人的才能。一定要时刻清楚自己需要出现在哪里，哪些工作需要交给搭档来完成，哪些部分需要做出忍让与牺牲……

要想使收益最大化，需要如何调动团队？佐藤先生在和众多企业合作的过程中积累了大量这方面的案例与经验，对于每一种情况他都有自己的解决方案。大多数创意设计师在工作时会将视线集中到企业和品牌内部。而佐藤先生则能做到从俯瞰的视角推动企业的发展。

　　我常常能从佐藤先生的话语中，感受到他的决心。

　　在做品牌设计时，我们必须要深入到那些企业不太愿意让人深究的地方。佐藤先生很明白，如果不这样做，工作就无法取得实质性的进展。他一定会和有话语权、决定权的经营者等核心人物直接对话，以最高效的方式推动决策。

　　能够和佐藤先生这样大格局的大师相识，对我来说真的是受益匪浅。和他共事一次之后，我就立刻感受到了他的强大所在。我认为在某种程度上，他甚至可以任日本这个国家的"品牌设计师"。

企业穿的服装

何为制服？

——为企业及其理念设计的衣服。我们可以认为，制服反映的就是企业本身。为了特定的场合、特定的企业、特定的工作而设计的制服，理应成为企业的真实写照。

此外，"适合所有人穿"也是制服应当具备的条件之一。我认为，制服不需要太过体现设计师的个性，需要具有一定的匿名性，同时还要体现企业的特色、个性。有些时候，我会看到一些与企业形象相差甚远的制服设计。在我看来，企业的象征色、标志、理念和制服必须要做到融为一体。

说到我最喜欢的一款制服，至今我仍然会选择 1964 年东京奥运会上日本代表团所穿的那身红白色制服。那套制服的配色与设计，将那个时代日本人的自豪与热情体现得淋漓尽致，无论谁看都会觉得很漂亮、很舒服。那组颜色反映的就是日本本身。在选手列队站好时，制服又会将一种整齐划一的美呈现给观众。在设计制服时，我们必须要将"集合美"的元素考虑进去。

1964 年东京奥运会日本代表团的制服设计，有一个很明确的理念——"这是给日本这个国家穿的服装"。

制服设计的正确答案要在委托方身上寻找。我们首先要把国家、企业、老板的诉求和理想作为设计的出发点。这样，我们自然就会明白要做什么。制服设计的工作始于对对方的观察与研究，而非标新立异。

制服对于企业来说是非常重要的，所以我不建议企业把制服当作备用品来看待。制服就是企业的门面、企业的传媒。通过制服，别人就能明白这是一家怎样的企业。

2013 年，洋马开启了下一个百年品牌打造计划——高端品牌打造计划，该计划的总负责人是佐藤可士和先生。工业设计师奥山清行先生负责设计游艇和拖拉机，而我则负责开发新一代农业工作服。

洋马的主打商品是船艇和农业器具，那么他们在进行品牌建设时，为什么也要借助服装的力量？

因为佐藤可士和先生想把服装作为一种传媒来使用。人每天都会穿衣服，衣服是紧贴我们日常生活的。衣服很容易成为广告的素材，可以很好地将企业形象传递给大众。佐藤先生认为，用服装展示企业焕然一新的面貌，可以取得很好的宣传效果。

欧美的著名奢侈品品牌路易·威登（LV）经常会主办游艇锦标赛，同时还会发售赛艇服。只要能够做出和国际大品牌同级别的服装，洋马就能一举提升自己的企业形象。

佐藤先生发布的 LOGO 和奥山先生设计的极具创新的拖拉机，完全颠覆了大家一直以来对于洋马"生产重量级农业器具"的传统印象。

我设计的赛艇服和农业工作服好像也成了大家热议的话题之一。在我的作品中，大家最感兴趣的就是农业工作服。

　　在做设计之前，我会先采访一些具有代表性的农业从事者以及喜欢在家里种菜的人们，我问他们平时在进行农业作业时会穿什么样的衣服。多数人的回答是蒙特贝尔（Montbell）和北面（The North Face）等品牌。我由此明白了对于农业工作服而言，防风、防水、防溅泥以及便于户外活动都是必要具备的特性。

　　"衣服太重不便于行动""一定要兼顾防水性能""弯腰的时候后背经常会露出来""在工作的时候经常需要跪着""最近很多人都开始用智能手机实时确认天气预报，所以需要一个专门放手机的口袋""想要一种在泥土粘上衣服后立刻能清除掉的材质"……大家提出了非常多的建议和愿望。

　　在倾听了这么多意见之后，设计方案就会自然而然地浮出水面。

　　我在设计过程中重点关注了重量、延展性、防风防水性、吸汗速干等因素。 为了便于大家活动，我加宽了衣服背部尺寸，加入褶皱设计。 我在农业工作服里加入了许多日常生活中完全不需要的设计与性能，但与干农活相得益彰。 我在工作服裤子里安装了护膝，以减少工作中对膝盖部位的磨损。 我还设计了不影响农作、可拆卸的小袋，还配了手机保护套，可以隔着防水塑料材质点击操作。

我在充分了解农业工作必要条件的基础上，逐步确定了工作服的尺寸、颜色等具体设计。 我选取了光泽度良好的钛棕色（Titanium Brown）作为农业工作服的主色，这个颜色和土地的颜色也是相呼应的。 这就是功能美。 我真切感受到，为某种特定工作设计服装时必须要遵循这样的思维。

对于我个人而言，这是第一次在设计服装时如此深入地研究穿衣者的职业。 接下来，我需要思考的就是，如何有效利用此次工作经验，把洋马崭新的企业形象反映到公司的

员工制服上。

　　我在优衣库工作期间，为美国的纽约现代艺术博物馆（The Museum of Modern Art，简称 MoMA）设计了安保人员的制服。纽约现代艺术博物馆的艺术作品经常会给世人带来启发与灵感。我想，那我设计的安保制服一定要符合博物馆的形象与理念——采用最新的技术与材料，我打造出了一款像运动服一样舒适的制服。

只做到"可爱"就可以了吗

"泷泽先生，您只要把衣服做得可爱一点就行了。顾客根本就不关心我们设计的服装有什么底蕴。"

2007 年，我离开了三宅一生公司，开设了我自己的独立工作室。我将设计的服装拿给销售负责人看，并向他一一说明使用了什么面料、采取了何种剪裁方式、染色工艺，等等。然后我从他那里听到的，就是上面这番回复。我感觉现实给了我当头一棒。

"啊……日本的市场原来是这样的。"

在三宅一生公司工作时，设计和销售统筹工作是在同一家公司内部进行的，所以在制造一件衣服的时候，大家是齐心协力的。大家会集思广益，一起思考"怎样才能让衣服卖得更好"。但从公司独立后，生产和销售就都要委托给别的公司来做，整个过程完全变成了分工制。但即使面对的是外部人员，我也想尽可能地通过语言来表达我对服装的理念和想法。

　　长期以来，我一直在和对服装饱含爱意的人共事。因此，我至今仍坚信，设计师的理念与投入到服装设计中的心血是品牌最大的力量。但在日本的零售市场，"只要能卖得好就行""卖得好的衣服才是好衣服"等思想根深蒂固也是不争的事实，甚至大家评价服装的标准竟然只有"可爱"两个字……站在世界的角度来看，大家都评价日本消费者的层次高、挑选商品的眼光独特。我们真的可以用这种标准和眼光去衡量、判断服装的好坏吗？……

　　在此之前，顾客会对我说"果然这个面料做出来的衣服就是好""配色太好看了""这件衣服质感很轻盈呀"等话语，非常清楚每件衣服的魅力所在。而我也会努力将自己的服装理念传达给顾客，用服装去打动顾客的心。

　　现在回过头来想，那位和我说"您只要把衣服做得可爱一点就行了"的销售负责人，他的心理活动应该是这样的：

　　"一件衣服细节的好与坏并不能成为吸引顾客购买的

决定性因素。 对于现在的顾客来说，'衣服看上去很可爱'才是王道。 像泷泽先生您这种对服装制作过分执着的设计师，做出来的衣服除了价格贵就真的一无是处。 只有卖得好的衣服才是真正的好衣服，而'可爱'就是卖得好的诀窍……"

"只有在对顾客进行一番说明后才能卖得好的衣服"，真的已经被这个时代抛弃了吗？ 我受到了极大的打击，我一度认为，自己已经没有衣服可设计了。

在这之后，我也曾多次听别人说过"'可爱'是现如今服装设计的关键词"。 日语中的"可爱"（かわいい /kawaii）除了年轻人口中的可爱，还包括"美丽""帅气""有趣"等各种各样的意思。 所有关于美的评价都集中在了"可爱"一词中。 有不少人指出，"漂亮""美丽"等日语中独具特色的表达美的词汇，已经逐渐从日语中销声匿迹。 在巴黎时装周，无论发型师、化妆师、音响师还是灯光师，大家最优先考虑的都是"怎样才能将时装以最美的形式呈现给观众"。

　　向顾客介绍服装背景的销售方式，貌似已经过时了。每位 4S 店的销售员都会向顾客详细介绍轿车的性能、引擎结构、设计、喷漆……难道这种介绍在服装销售中就是没用的吗？诚然，对于很多年轻的顾客来说，即使我们不做任何说明、介绍，他们也会购买我们的商品。更何况在当今这个互联网时代，大家在各种购物网站上下单时都是看不到实物的。

　　作为一名设计师，我希望在工作时能够将自己的一些理念和思考方式坚持下去。然而，在当今这个时代，我确实觉得有些时候不得不去做出一些调整。当我觉得用 1000 日元／米的布料做会更好看，而年轻顾客就觉得用 500 日元／米的布料做出来的衣服更可爱时，我没有办法，只能听从顾客的意见。好像只有先迎合市场需求，才会有发挥个人创意的空间。我十分苦恼——要怎样在这二者之间寻求一个平衡呢?

在做风衣 (trench coat) 时, 我个人还是倾向于用丝棉等面料。因为丝棉比棉质华达呢更柔软、轻盈, 制作出的悬垂感也更漂亮。当然, 采用丝绵的话, 成本就一定会高, 我认为这才是高端定制的特别之处。但市场需求量真的太小了, 我隐隐约约有要被人说"您这种衣服已经没人要了"的感觉。

放眼世界, 日本市场有很强的特殊性。在一些方面, 只凭面向日本市场的思维方式, 是无法在国际舞台上大获成功的。

欧美和日本的市场完全不同。纽约的高端百货商店波道夫·古德曼 (Bergdorf Goodman) 上架的全部都是极具独创性的、高质量与创意兼备的服装。他们追求的是"只此一家" (only one) 的稀有性与特别性。这里的服装当然不会追求低龄化的可爱效果, 每一件都必须展现出成人的魅力与气质。

很多日本顾客喜欢低龄化、带有孩子气的可爱风格。但在国外，根本就没有"孩子气的成人服装"这种类型的衣服。在国外，即便服装整体的风格设计得很成熟，但只要有扣子、腰带扣等细节带上些低龄化的感觉，就会立刻被进货商指出。我深切地感受到，想要在国际市场上具备竞争力，哪怕是荷叶边，也必须将它设计得稳重而有质感。

自不必说，在绝大多数国家，成年人会穿成人装，小孩会穿童装，青少年会穿青少年装……不同年龄段人群的服装风格差异非常明显。虽然说这一差异有逐渐缩小的趋势，但毕竟时装是基于社会结构的，人们会根据场合、人物、环境去选择合适的服装。日本人从早到晚都穿同一套衣服的习惯，表面给人感觉很方便省事，但在欧美有过留学、生活经验的人都会觉得，日本人的这种穿衣方式，会让他们失去很多享受时装乐趣的机会。

　　"白天要见这位大人物，所以要搭配一身西装。"

　　"晚上去派对的时候要不要穿这条黑色长裙呢？"

　　在国外，人们会像这样根据自己的生活节奏和场合需要来考虑服装搭配。打造自己、设计自己是一项非常需要智慧的工作，也是一个很快乐的过程。孩子和青少年经常想将自己打扮得成熟一点，很希望别人觉得自己成熟、有大人味。而日本女性的想法则是"无论自己实际年龄多大，都要在别人面前展示出少女的感觉"，这种想法跟国外女性相比，貌似有着比较明显的差距。

　　很多人认为，造成这种现象的原因是，很多日本的家长舍不得离开孩子，不想让孩子独立。他们很喜欢让孩子穿印有波点或者卡通角色的可爱衣服。而欧美的家长则经常会训练孩子，让孩子在吃饭时穿合适的衣服，例如夹克、西裤、皮鞋这种搭配。欧美的家长会提前培养孩子适应社会的能力，他们希望自己的孩子能够尽早在别人眼中树立起

"一个独立的大人"的形象。

在我看来，日本女性在精神和外在都偏好可爱而稚气的形象，这和日本男性的心理有关系。有些日本男性无法接受女性成熟的形象，这就导致女性想尽可能将自己打扮得年轻一点，看起来可爱一点。

很多国际品牌在日本市场的销量都不是很乐观。我感觉在日本畅销的，更多的是那些专注于做日本市场特色产品的品牌。这些品牌有着巨大的国内市场份额，占到了总销售额的90%，国外市场仅占10%。这样的品牌在生产服装时，肯定会倾向于满足日本市场的特殊需求。

在日本，人们说到"成年女性服装"，一般指的就是已婚太太穿的那种服装。"性感"（sexy）一词，指的不是女性的成熟美，而是男性视角和价值观主导的类似"暴露部分多"的概念。

多年来，优衣库一直凭借全世界通用的基础款商品立足于服装市场。优衣库的保暖内衣 HEATTECH、高级轻型羽绒服 Ultra Light Down、冰爽系列 AIRism 等，都是将性能与设计融为一体的产品。我们将这些集高质量和低价格于一体的商品带到了世界市场。我们对于自己商品的定位是构成时装的"零件"与"元素"。因为采用了匿名性强的设计风格，所以上述服装可以被所有人接受，可以与任何一种服装搭配在一起。我认为这就是优衣库董事长柳井正先生眼光的敏锐之处。

想要做到国际化，就必须有自己独特的视角和眼光。外国人对于日本制造的认可度是很高的。不知不觉中，外国人渐渐积累起了对日本生产制造业的信任，我们经常能听到类似"日本商品不易损耗，很耐用"的好评。

我认为，优衣库就像是一种世界通用的语言。说到世界通用的语言，我们会想到英语。优衣库已经拥有了全球性的认可，它的目标就是"成为'时装界的英语'"。

思考何为"世界通用"的功能

保暖内衣 HEATTECH 是优衣库在全世界畅销的代表性商品之一，在日本、美国、欧洲、中国等地都深受欢迎。

大家对于 HEATTECH 的喜爱，不受年龄、职业、居住地等因素的影响。

我认为，不分国界人群、需求持久旺盛的商品，这才是真的全球化商品。

最近大家经常能听到"全球化企业""全球化商品"之类的说法。但在以前，日本其实是不太擅长以全世界人民为对象进行服装制造的。

为什么呢？

外国品牌的衣服，日本人穿上也会感觉很合身。赛琳（Celine）、圣罗兰（Yves Saint Laurent）、普拉达（PRADA）……无论是哪个品牌，把摆在外国门店的服装直接拿来给日本人穿，也可以穿出很合身的效果。

那么，日本品牌的服装又如何呢？

　我感觉，听到外国人反馈"日本的衣服穿起来不太舒服"的情况会比较多。外国人经常会觉得日本的衣服太紧、给人一种很拘束的感觉。这也许和日本服装可选择的尺码较少有一定的关系。欧美人在购买服装时，经常会出现所需尺码相差悬殊的情况。而相比之下，这种情况在日本就很少见。

　但日本服装可选择的尺码较少并不是造成这种现象的唯一原因。我们真正应该注意到的，是"日本的时装品牌不擅长把服装做得有立体感"这个问题。所以，日本设计师品牌服装的模板是苗条的年轻人体形，因此在外国人看来，在日本生产的衣服大多数是平面的、缺乏立体感的。

　在做衣服时，把握好顾客的身材比例是非常重要的。此外，身体的活动和动作也是我们必须要考虑到的一个关键因素。

举个例子，人在摆手时，向前摆动的幅度要比向后摆动的幅度大。设计师是否明白这一点就是个很重要的问题。如果把手抬起来，夹克衫下摆就会随之上移，那么这能够算得上是一件好的夹克衫吗？据说，能够闭着眼一下子找到的地方，就是设计口袋的最佳位置。可以说，仅凭设计上的理由决定位置的口袋，是没有功能性的。

"要仔细确认身体的构造。好好参考一下雕塑的比例。"三宅一生先生经常如是说。

人的颈部不是笔直的，而是略微前倾的，前后颈部有10厘米以上的高度差，大家摸一下就会觉得："啊！原来如此！"

我们从米开朗基罗的雕塑作品可以看出，人的身体有很多圆润的曲线。从俯视视角看，人的脑袋应该是椭圆形的。但在日本，有很多帽子做成了正圆形，这就反映出设计师没能将人的身体构造理解到位这一问题。

　　三宅一生公司在做衣服的试样时，大家会很重视口袋的位置、袖子的活动范围等功能性问题。因为无论一件衣服看上去多么令人惊艳，只要上身后抬手时感到不便，顾客就会产生烦恼的情绪。我在三宅一生公司做每件衣服时，都会通过研究人的体态、动作来确定合适的衣长，决定口袋、纽扣等装饰物的摆放位置。

　　三宅一生先生经常强调"服装是一门力学""服装是一门人体工学"……

　　细心观察人的体态、动作——这是培养"在全世界通用的服装设计视角"的方法。

　　在优衣库，我们不仅会让日本人试穿，也会让欧美国家的人来试穿。因为我们一定要做出让全世界人都穿着舒服的服装。

　　话虽如此，为了保证量产效率，我们也需要尽可能限定、缩小尺码的数量。我们会对面料、素材进行特殊的加工和剪裁，即使是 M 码，也能契合多种体形。 一言以蔽之，我们对于服装尺码的基本设计理念就是"让服装跟上身体活动的节奏"。 我们致力于打造接近于跟身体完美贴合的"第二层皮肤"（second skin）的质感。

要想打造国际化的商品，首先应该做的就是去思考、寻找全世界人共通的身体感受。

暖、冷、热这些对于气候的感官感受，在全世界所有人之间都是共通的。 对于松、紧的感受也是如此。"衣服太重，穿上之后行动不便""面料摸上去不舒服""质感丝滑、柔顺"……无论是哪个国家的人，对于这些感受的判断大体上应该都是一致的。 因为每个人用身体去感知、感受的功能是一样的。

在把这些全世界共通的感官感受元素引入到服装中后，我们还要尝试结合一些与各国实际情况相应的差异性。

比如说，我们可以在色彩感觉上，为各国顾客定制出个性化差异。

受各国文化背景的影响，各国人民偏好的颜色各不相同，其基础是太阳光线和街道的颜色等。即便是同色系颜色，日本人和欧洲人各自熟悉及喜爱的深浅度、色调也会有所不同。日本人自古以来主要使用草木染工艺，因此染色后衣服大多呈现暗淡的色调，所以日本人有较为偏爱这类色调的倾向。而同为亚洲国家的中国，更喜欢显色强的颜色。

在纽约的街头，时常会聚集各形各色的人群，所以即使身穿鲜艳、活泼颜色的衣服上街，也能完美融入人群，不会产生任何违和感。在巴黎的街头，浅灰色调的服装会显得尤其美丽。透过衣长，我们也能看出一些国家特色，比如韩国女性会比较喜欢穿偏短一点的裙子。

搜寻非共通信息的过程也是相当有意思的，我们能够从中收获许多新发现。

　　"全世界共通的感官感觉"与"源自各国文化背景的差异"——将这两者进行精密计算后，再以一定比例调和，这才是国际化的设计方式。

制造惊喜

在经济形势不佳时，企业往往都有减少创意商品投资的倾向。一般来说，试验、调查、外包等方面的经费会成为主要的削减对象。

没有了经费，那该怎么办呢？我们应该做的，就是尝试将自己冥思苦想出的创意用现有的材料进行二次创新。

比如说，我们可以尝试改变一下店内的布局。把沉睡在仓库中或是以前曾经用过的家具和道具拿出来好好规划一下，有些时候就能出乎意料地发现一些很适合门店的摆放组合。如果没有经费请外面专业的摄影师，那就尝试自己拍摄广告宣传的照片。拿我自己举例，开设独立工作室后，为了节省制作宣传册的经费，我就尝试过自己亲自去拍摄。设计师很清楚在什么环境下应该有怎样的表现，所以只要肯付出努力去创新，就完全有可能做到用更低的预算打造同样高质量的作品。

"没有钱，做不出来""公司根本就不理解我们"……

有这样去抱怨的时间，只要大家肯集思广益、凝聚智慧，就完全有可能想出很多有趣的创意。

话虽如此，但为了开发、推广新商品，我们也必须要确保一定数额的经费。

如果研发经费不足，企业在生产制造时就会不可避免地产生"沿袭过去"的倾向。因而大家会把注意力都放在过去曾经卖得好的商品上。

也就是说，过去畅销的商品会成为主角。相比于研究商品本身，大家会更依赖过去的成功经验。大家会惧怕开发新商品后卖不出去的风险，从而变得畏手畏脚。

然后，来到店里的顾客就会发现，店里摆的全是这个品牌的主打款。这样是无法激起顾客的消费欲望的。

"怎么感觉店里总是这几件衣服呢？"

一旦陷入"沿袭过去"的思维模式，设计师就没有心思去研究"对于顾客来说，什么样的服装在这个季度会比较有新鲜感"等问题。

那些为公司撑起销售额数据的商品，终有一天会在顾客眼中失去新鲜感。"顾客看腻了"——如果品牌不能及时注意到这个导致商品不再畅销的原因，就会一直依赖于过去受欢迎的商品。

拿男装举例，有两家品牌的精选店在全世界享有很高的赞誉，得到了各个年龄段顾客的支持——Beams 和 United Arrows。有人会认为这两家卖的男装都差不多，但我对这两个品牌的期待点是不同的。

每家 Beams 店的风格都是非常明确的。有的店主打意大利经典风，有的店主打设计师品牌款，有的店主推美式休闲风……每家店都有各自主打的风格，就会给顾客带来安心感。

而 United Arrows 则给人一种经常在冒险的感觉。他们会在店内摆放样式极其奇特的服装，让人不禁发问："什么样的顾客会穿这件衣服呢？"陈列商品时，在自家的主打款式中混入极其前卫的品牌服装，也是屡见不鲜的操作。United Arrows 时常会让人感到他们在进行挑战，给人一种能够发现新事物的期待。

他们会为一个较小众的、单品售价 20 万日元以上的意大利高档品牌单独准备一个售卖区域。我不知道顾客能发现它的多少价值，但也许会有顾客觉得主打款已经看腻了，想找一些新品牌，于是将目光投向这里。每次都给顾客带来新惊喜——这可以增加顾客来店购物的乐趣，同时也是一种站在顾客角度思考问题的思维方式。

所以我们可以看到，无论公司财政状况有多么艰难，站在顾客角度去思考，商品总是需要具备两极性的。

我们需要"基础款 + 惊喜款"的组合。能够给顾客带来惊喜的商品，从整体的销售额来看可能只占百分之几，却能在顾客面前体现 200% 的存在感。这些商品有足够潜力成为帮助公司摆脱财政危机的突破口。

那么这些能够给顾客带来惊喜的商品，应该怎样摆放在店内才能做到效率最大化呢？我们需要考虑顾客在购物时的心情。有一位先生，教会了我应该如何在店内摆放"惊喜商品"——他就是 Takihyo 公司的前任社长泷富夫（Tomio Taki）先生。泷富夫先生是首位在培养、管理设计师方面大获成功的日本人。他成功培养出纽约设计师唐纳·卡兰（Donna Karan）等多名世界级设计师，在时装界享有极高的声誉和尊重。

在泷富夫先生的教诲中，令我印象尤其深刻的是"夸张的、主题性强的商品和宣传物要摆在靠里面的位置"。站在门店的角度来看，自然是希望顾客在店内停留的时间尽可能长一些，同时也希望顾客能在众多商品中挑选到自己心仪的那一件。但如果我们把"惊喜商品"招摇地放在店铺进门显眼的位置，不喜欢这类商品的顾客看到后会扭头离开，而喜欢这些商品的顾客则会在店门口就匆匆结束购物之旅，不再去细看位于内部的商品。

如果我们把"惊喜商品"放在最里面的位置，那么对此感兴趣的顾客就可以在看到它之前，浏览大量店内的其他商品。这类"惊喜商品"即使在一百件中只占几件也没关系，但一定要有，因为它们可以成为顾客进店的动机。

如果基础款和惊喜款的比例失调，顾客就会觉得这家店很无趣。我们需要反复地通过模拟实验来仔细确认，商品是否可以令顾客摆脱无聊，感到兴奋。

不是只有质量的好坏会决定一件商品是否畅销。有些时候商品卖不出去纯粹是因为顾客不愿意消费，但也有很多时候是因为顾客已经"看腻了""用腻了"。很多欧美奢侈品品牌每隔几年就会更换一次设计师，以此实现品牌风格的转变，这就是一个很好的佐证。无论是赛琳还是圣罗兰，每隔几年就会换一位主设计师，尝试进行一次大的变革。

　　但不得不承认的是，即使设计师认为应该创新，最终决定做还是不做、背负风险的还是企业、品牌方。

　　有些积极乐观的企业经营者会说："既然顾客看腻了、穿腻了，那我们就做一些创新吧！"但自然也会有经营者说："做这种东西反正也是卖不出去，不要浪费公司的经费，走保险路线就行了。"我感觉，一般情况下选择后者、走安全路线的企业经营者居多，因为他们对数字有很强的信赖。

　　我认为，要帮助公司摆脱财政危机，唯一的方法就是用新鲜的商品和"看不腻"的店铺留住顾客的心。

　　如果公司削减了做广告宣传的经费，我们就要把门店作为广告宣传的手段利用起来。

新商品始于"妄想"

在某大学的经济学院，我曾经和20—40岁的年轻企业家们进行过一次交流。在对话过程中，他们提到了很多诸如"市场导向（Market in）""产品定位策略（Product positioning strategy）"等在市场分析课程中经常会用到的专业术语。我听完的直观感觉是，他们讲到的这些专业术语都是浮于表面的理论概念。大家谈到这些概念时，多多少少都缺乏一些基于实践经验的感悟。

在书店，我们经常能够看到讲品牌建设、市场战略的书籍，充斥着一整面书架。但我感觉实际讲的内容都大同小异。

为什么与品牌建设、市场战略有关的书籍会变得越来越多呢？

20世纪80年代，我曾经负责为一家在纽约主办展览会的服装品牌做设计工作。那时我第一次听到了"市场营销（Marketing）""销售规划（Merchandising）""品牌建设

（Branding）""传播（Communication）""定价（Pricing）"等如此细分的专业术语。我当时的感受就是："啊，这就是美国的时装经济模式啊！"

美式风格的市场营销、品牌建设理论传入日本后，日本企业真的实现了"国际化转型"吗？很遗憾，我认为日本的企业虽然变得重视这些理论，但实现"从日本走向世界"的企业数量并没有增加多少。

我个人认为，美国企业擅长的"价格分类""商品分类"等理论，不是非常适用于日本的经济模式和生产制造结构。理论只有在合适的地方才能发挥其作用。

分类理论在美国有非常适用的地方。在尼曼·马库斯（Neiman Marcus）、巴尼斯纽约店（Barneys New York）等精品百货商店，按照楼层明确地锁定了不同的目标顾客群体。品牌的价位分区也做得非常明确，品牌会为百货商场的店面环境量身打造合适的商品。我想这种经济模式能够成立的原因，在于美国不是一个制造大国，而是一个销售大国。

而日本则是一个制造大国。因此把以销售为起点的思考方式引入日本，这种做法我认为是有待商榷的。

我有时会在某经济学院授课，在和学生交流时偶尔会有违和感。有些学生明明从事的就是和品牌建设有关的工作，自己却没有独立的想法，只想把学到的市场营销理论强行应用在工作中。他们惧怕展示出自己的个性，担心"如果我们提出这种想法，会不会被周围人排斥"。在经济高速发展的那个年代，日本人的发言曾经是非常强势的，而在当今的大环境下，大家似乎很难展现出自己的个性。

在生产制造业中，最重要的就是独树一帜、极具个性的思维与创意。"创造谁都没有做过的商品"——如果没有这样的气魄，就无法开发出震撼全世界的新商品。但在当今这个时代，即使设计师想打造全新的商品，很多时候也会遭遇"性价比如何""预计销售额能达到多少""打算把这种商品放在哪里"等质问，导致很多有意思的创意被扼杀在摇篮里。很多企业都被市场营销理论所束缚，导致最后只会参考过去的成功案例做事。

而在我看来，新商品就应当起源于个人的"妄想"。

"妄想"（delusion）和"想象"（imagination）还是有一些差异的。"妄想"指的是连锁性的想象与联想，"想象"则指的是交错性的想象。由大海而联想到哥斯拉（Godzilla）很自然，但要是想到一个完全没有关系的事物、从未看过的场景——这种不合理的"妄想"，则会促进很多有趣观点的诞生。

我在进行服装设计时，会先将脑海中浮现的妄想描绘下来，随后再将其立体化（3D 化）。

我以前和耐克公司合作开展"蓝天计划"（Blue Sky Project）时，真的可以说是将"妄想"在工作中发挥到了极致，非常有意思。

耐克为了进一步拓宽商品的多样性，特意邀请我参与到这个充满崭新元素的"蓝天计划"中。我们在没有明确目标的情况下，启动了项目。

我认为耐克的想法是，"当品牌将自身所在领域的市场做成熟后，需要让其他领域的设计师来给企业注入新的活力，带来一些新的创意"。

某家用电器品牌也是如此。他们邀请我去参加公司的研讨会，向我询问有关产品设计的建议。我和这家公司的业务属于完全不同的领域，但他们对我的故事和建议很感兴趣。他们希望借助外部人员的力量，拓宽自己的视野与思维，进而创造、开发出前所未有的产品。

由"妄想"诞生的产品很难被人模仿，因而具有非同一般的竞争力。三宅一生公司的褶裙和苹果公司的 iPhone 都是这类商品的典型代表。它们的灵感都源于创造者个人的想法。一些看似微不足道的亲身经历也有可能成为开发新商品的思维基础。

我曾经从书的角度构思，打造了一个时装系列。赋予我设计灵感的是位于美国纽约的摩根图书馆（The Pierpont Morgan Library），其收纳了美国著名企业家约翰·皮尔庞特·摩根（John Pierpont Morgan Sr.）的众多个人藏品。我第一次前去参观的时候，就被馆内藏书之美所折服。我从书的细节、打动人心的书的灵魂等多个角度对这些藏书进行了"妄想"。随后，我还查找了与五六百年前书籍装订工艺及书法有关的材料，并将这些与服装设计联系在一起，做出了一个时装系列。

我还曾有过从贝壳的构造中获取灵感并设计冲锋衣的经历。这一切都源于"如果'家'能变成一件衣服该有多好"的个人想法。

2004年，我与高野绫（Aya Takano）女士共同打造

了一个时装系列。 我们一同幻想未来的月球旅行，高野女士把幻想的内容画了下来。 根据这一系列幻想，我们设计出了"超轻旅行服""月色大衣""圆形丝绸礼服"等充满新奇创意的时装。 我们把店面设计成类似无重力空间的场景，商品目录也打造成月球的样子。 这些极具独创性的故事吸引了来自巴黎某百货店的买手，得以和他们首次合作，在该店售卖此次设计的时装系列。

品牌建设、市场营销等理论，原本应是为了让大家更好地发挥各自的创意而存在的。 但如果大家被理论束缚，认为"我们必须严格遵循某项理论"，那么创意就会被限制住，不能得到充分发挥。

"宣传照必须直接呈现出商品形象"，如果一个设计师陷入这种思维模式，那么他设计的宣传册就会在视觉上沦为解释性的目录。 我们在介绍服装时，要向顾客传达服装设计的背景，让顾客感受到服装具备的气质。 所以情感因素也是必不可少的。

　　我认为，若能有更多企业经营者理解、赞同由"妄想"衍生的创意，市场上就会涌现出更多具有竞争力的商品。

"您明明是这么说的"是无用的辩解

我开设独立工作室后，曾经和多家企业有过业务上的合作。每次开展合作时，我都会努力和委托方的最高层推心置腹地进行沟通，直至双方都满意为止。在沟通中，我会与对方共享最终的目标蓝图。

如果对方不肯给出充分的时间进行沟通，或是双方在目标还很模糊的时候就强行开始合作，那相信不用说大家也能猜到，这样的合作项目肯定不会成功。

为了避免这种情况的发生，我们就必须要在沟通中明确经营者想要实现的目标，并将这个目标投射到自己的脑海中。

在和经营者首次沟通时，一般很难确定下来一个明确的蓝图目标，主要还是以互相交流、互换意见为主。

经营者发言的时候，就是我最需要集中注意力的时刻。

这时，就会出现一个常见的误区。

有些人不懂得仔细琢磨对方隐藏在话语背后的真实意

图，仅凭自己的理解，便将对方的字面意思直接照搬到设计工作中。

可能有人会问："我是照对方的字面意思去理解的，这有什么不对吗？"

可实际上，对方在说"我想……"的时候，大多情况下采用的都是模糊、宽泛的表达方式。他们会根据自身过去的成功经验说"我想要……"，但实际上不过是将有限的印象组合在了一起而已。有些时候我们会发现，经营者真正想实现的目标，其实和他们表达出来的内容相差甚远。

作为一名倾听者，我经常会忠于自己的理解和解释，认为"对方想要的是这个，那我就要帮他实现这个"。作为一名设计师，我自认为工作进行得很完美。

"哎？这不是您想要的吗？但您上次明明说了，要我给您这样做……"在发现事情不对劲后，我尝试进行了反抗。

但对方给出的回答却是："但就是不知道哪里有点不太对劲……"

我在设计过程中，常会在脑中一闪而过"明明这样做效果会更好"的想法。其实，经营者可能真正想要的就是这个效果。

这就是不考虑作为设计师的自己和作为经营者的对方在文化背景上的差异，自以为是地对对方的发言进行解读，认为"只要按照对方说的照做就好"的结果。

设计是要有目标的。我们当然要向着目标努力，但这并不意味着我们只是按照客户说的做，就能得到正确答案。

我在三宅一生公司工作时，曾经努力尝试在会议中完全听从三宅先生的指导和安排，但并不是每次都能拿出让三宅先生满意的结果。反倒是当我超出三宅先生提出的指导方向，拿出一个完全不同的方案时，三宅先生会对我表示赞赏。

"您明明是这么说的……"这种辩解和反抗在这个世界是无用的。我会向客户提供两个选择方向：一个是"根据我的理解对'您说的内容'做出的解读"，另一个是"我个人认为的最佳方案"。

反过来讲，我认为真正优秀的经营者和管理层在看到意料之中的作品时，就应该感到"无聊""没意思"。而在看到完全意料之外的作品后，如果经营者能对设计师说："哇！这很有意思！""我觉得这是个好机会！"……我会感受到这个人身上是闪闪发光的。

我们是创造者（creator），具备对方没有的能力，所以才能坐在商讨会的坐席上。如果只是要拿出对方预料之中的结果，那就不需要我们了。

说实话，我在工作中也遭遇过"我明明就是照您的要求去做的，为什么还说不满意"的时候。

但仔细回过头来想想，也有人曾经对我说过诸如"泷泽先生，上次可是您这样说的……"之类的话。但听到这句话，我并不会有不愉快的感受，我会说："就算是我这样说的，可到底是好是坏，还是要你来判断，不是吗？"

在商业的世界里，朝令夕改是时常发生的事情。这时就不要在那里抱怨，而要赶紧快速调整思维。如果环境、状况发生了变化，生产制造工作的现场自然要做出相应的改变。

我经常在开会时和工作人员如是说：

"昨天我们使用的是材料 A。但今天出现了新的材料 B。那么你们是不是会考虑把 A 和 B 组合在一起进行新的尝试？大家在今天，就要有和昨天不一样的思维和思路。"

我希望大家都能意识到这一点。

作为一名设计师，一定要时刻让自己的感知保持敏锐。这样才能随时察觉到周围的变化，为客户提供超出其想象的方案。毕竟最终的选择权在于客户，在于委托方。但多数情况下，相比于按照要求照做的方案，客户更愿意选择以不同的理解角度呈现出来的方案，而且往往这样的方案更容易获得成功。

我从失败中学到的东西

现在回过头来反省我和一家大型服装公司的合作经历，我认为当时没有做好的一点就是，没能和董事长直接对话。

"我想按照这个方向进行设计。所以我想使用贵公司的……工厂、门店的布局和装修……我还想在门店里摆放……"

我在进行设计的过程中，确实是在不断和公司方面确认我的想法是否可行、是否满足他们的要求，但每次坐在对面和我沟通的，都是没有最终决定权的人。在商讨有关设计的根本问题时，一定要和最高层来谈，否则项目的推进会变得很艰难。

我在优衣库工作的时候，就可以和公司高层直接商讨有关设计方向的问题。高层看过我给出的方案后，会给出明确的 Yes or No 的回复。我认为在日本企业中能做到这一点的管理者是为数不多的。我能很明显地感觉到，日本企业的管理者对于设计几乎没有什么自己的见解。我在与欧洲的企业共事时，对方的管理者一定会出来表达自己对于设计的一些看法。

欧洲企业的管理者会先在脑海中明确产品的方向性，然后才来谈公司希望采取何种商业模式、营销手段……

然后在创建一个新品牌或是要改变品牌风格时，是否将时装秀、促销活动等项目的经费纳入预算也是非常重要的。日本企业在做预算时，很难为"设计经费"单独设立一个模块，一般来说都会把相关费用混入到"其他开支"中进行计算。

这就相当于是一个"先有鸡还是先有蛋"的问题。

我们把新品牌看作是蛋。为了顺利达到公司制定的销售指标，我们要采取合适的媒体渠道，向顾客宣传我们的品牌。要想达到一定的知名度和认可度，一般来说需要3—5年的时间。所以我们一定要仔细规划、考虑具体采用何种宣传方法和媒体渠道去打造品牌形象。

　　而设计师助力品牌孵化的过程，就如同鸡孵蛋的过程一样，如果公司方面不能批下足够的经费，孵化就无法顺利进行。但管理层总会误以为"小鸡不靠母鸡孵化也能自己破壳而出"。

　　甚至孵化之前，就想甄别鸡蛋是不是正确的。双方的想法就如同没有交集的平行线。

　　我自己也是公司的经营者，自然也会考虑性价比。但性价比不是立刻就能看出来的，更何况是在商品还未问世的阶段，这个时候计算回报是毫无意义的。我们必须考虑回报的性质和时间轴，来盘点实现公司的事业计划所必要的东西。

　　我在年轻时有许多失败的经历。回首过去，我经常会想："哎，当时要是那样做就好了！"

　　作为一名设计师，一定要时刻尝试理解合作方的重点，与对方共同努力完成目标。

　　我们不要站在设计师独有的视角，认为对方一定能理解我们，这是不对的。我们需要做的是，尝试与经营者描绘的蓝图产生共鸣，并思考自己能够在其中发挥怎样的作用、作出怎样的贡献。

　　年轻时我曾狂妄地认为"你们都不理解我"。但对方对于服装设计本就有着不一样的见解，出现意见上的分歧是再正常不过的事情。

　　我们要在寻找和对方的共同语言、尝试理解对方的过程中，不断接近自己想实现的创意。

　　如果不能做到相互理解，那么就再从头来一遍吧。

领导层要用美学打动人心

假如你是一名设计师，现在要从东京出差去巴黎。这是你第一次去法国。临行前，你公司的老板会对你说什么呢？

"一定要去参观一次卢浮宫美术馆；现在巴黎大皇宫好像在搞什么活动，你可以抽出点时间去参观学习一下；如果住在五星级酒店，那里面应该有你设计的服装的潜在顾客，你可以借此机会好好观察一番……"

听到这番话，你一定会觉得很高兴，充满动力。

对于设计师来说，通过多接触美术、艺术作品来拓宽自己的视野是很重要的。去国外出差是接受各式各样的刺激、获取创意灵感的绝佳机会。如果去之前上司对你说"工作谈完了就快点回来"，那真的是浪费了大好的学习机会。

在出差时给设计师留一点这样的宽裕时间，难道就是对设计师的放纵吗？

不，这是对设计师的一种投资。这决定了经营者能够帮助设计师激发多少潜力。我认为经营者需要充分理解设计师，帮助设计师实现自我成长。以前我曾经和这样的一家美国企业有过合作经历——这家企业内部有一项名为"想象之旅"（Imagination Trip）的工作机制。设计师们可以选择自己感兴趣的国家去出差，回国后大家会根据在当地获得的灵感制作新的企划，在发表会上与其他设计师共享。

经营者也需要提升自身的艺术修养，多去美术馆参观，多去看看热门的话剧表演和演唱会，思考能否从中有所借鉴。仅仅是去体验、感受一下，也是完全可以的。如果不知道如何从这些艺术作品中获取灵感，应用到产品开发上，那就和设计师说"我曾经在……看到过这样的作品"即可，这会为设计师提供更多思路和素材。

我认为对于管理层来说，做好"设计师经营"（Designer Management）的工作是很重要的。

"设计师经营"是指企业将设计师的培养战略性地融入

企业经营中。我认为这正是很多日本企业做得不够的地方。

我在欧美接触到的企业经营者，都能够独立、冷静判断一件作品美丽与否。当然，如果企业高层本身就兼任设计师的话，做到这点自然是不难。但一般的企业高层也能做到和设计师互相交换审美观念。

他们具备理解设计师思维的能力。而且最为关键的是，他们会为设计师提供很多接触优秀作品的机会。

这才是真正的"设计师经营"。

在欧洲人的观念中，经验丰富的设计师和合作伙伴就是企业的宝藏与财富。他们曾经设计过很多作品，其中也有不少失败的经历。那样的设计师，在切切实实地设计服装。

这些经验丰富的老设计师年轻时的棱角也许已被岁月磨去些许，但现在市场需要的毕竟已经不是 20 世纪 80 年代那种"只要把衣服做得有意思就好"的设计思路。当下大家越来越喜欢穿"方便的衣服""每天都能穿的衣服"。在这样的时代背景下，这些老设计师的技艺将更有机会大放异彩。

在欧洲，有很多优秀的设计师和合作伙伴年近 70 岁、80 岁，却仍然活跃在设计工作第一线。而反观日本，学生从职业学校毕业后，会进入企业担任设计师，企业会要求他们制作当下流行的服装。等他们到了 40 多岁后，就会被公司调到负责制定商品政策或是负责管理生产现场的岗位，不再从事设计工作。

这些设计师原本可以成为企业的宝藏与财富，但却受年龄限制而失去了继续积累设计经验的机会。在日本这样的大环境下，人们似乎很难将经验转化为价值。

媒体行业也是如此。一个时装记者如果不曾了解过服装界经历的变革，就无法判断时装质量的高低，写出具有深度的分析报道。编辑也是创作者。在欧美，阅历丰富的著名编辑数不胜数。而在日本，大多数人坐上编辑部主任的位置后就再也不亲自写稿了，这真的是一种对人才和资源的浪费。

培养创意的土壤一旦贫瘠，就会产生很严重的问题。

工业革命后，一方面，各国都在推行产业合理化。但过于依赖产业合理化的做法是不可取的。另一方面，像意大利这种工匠技术较强的国家，就会出现因为无法客观看待创意而导致经济衰退的问题。

比如 20 世纪 90 年代，古驰（Gucci）就邀请了美国设计师汤姆·福特（Tom Ford），将商品和宣传方式全部打造成焕然一新的样子。这一举动，让当时一筹莫展的意大利品牌实现了脱胎换骨、卷土重来。

拥有悠久历史的品牌要通过巧妙经营与匠人、设计师之间的关系，努力在未来创造出更高的价值。我认为这也是今后日本企业必须要做到的。为了实现这一目标，设计师一定要多和经营者、管理层进行沟通、相互交换意见。

设计师有时候会站在自己的视角，以自我为中心思考问题。这时经营者就一定要精准判断，设计师提出的方案有没有脱离品牌使命的轨道，并适时给出诸如"这样做会更好"的建议。经营者要时刻保持清醒的头脑，判断设计师给出的方案是否展现出了企业想要传达的本质性内容，这样的宣传方式能否将信息充分传达给顾客。

这一切的一切，都取决于"经营者是否懂得'美学'"这一点。优秀的经营者，应该懂得如何利用美学打动人心。

我认为原本日本企业的创始人是很懂美学的。

作品是否做到了"美"？

商品是否能够畅销？

无论是经营者还是设计师，都必须要在工作中兼具这两个视角。

结　语

设计工作是要靠团队完成的。

各领域人士的接触与合作，造就了产品的诞生，而这些产品会逐渐渗透到我们的日常生活中。

您现在正在阅览的这本《一亿人的服装设计》，正是我和众多人士合作的产物。

在此，我想向担任此书日文版编辑工作的松本和佳女士（日本经济新闻社）、苅山泰幸先生（日本经济新闻出版社）、为本书日文版设计装帧的佐藤可士和先生、负责收集资料的小畴寿子女士等为本书的制作提供巨大帮助与支持的团队，曾与我在各个企业共事的各位，以及多年来与我风雨同舟、携手并进的"Naoki Takizawa Desigh"团队的全体工作人员，表示最由衷的感谢。

我在三宅一生公司工作的 27 年间曾经画下一万张设计稿，记录了我在三宅一生公司学到的点点滴滴。我现在意识到，三宅一生先生的谆谆教诲是万能的。

对于三宅一生先生不胜感激，永铭于内。

2014 年 9 月

泷泽直己

在所有工作领域都共通的感想

　　时装、包装、广告、空间……无论是何种设计，都一定会存在一个"目标"。这是我从一位设计师口中听到的话。

　　让更多女性的目光为新发售的秋冬大衣停留；让全世界人知道新款罐装咖啡的上市；让顾客在偌大的商场里毫不犹豫地走向目的地。——我们传递的信号，要达到这样的效果。

　　设计 (design) 和艺术 (art) 的不同之处在于，设计要时刻与市场 (market) 对峙。设计追求的是吸引市场和消费者的注意力，满足消费者的需求。这就是设计要实现的最终目标。实现这一目标的方法和途径多种多样，而真正有能力的设计师会选择把自己的成功经历放在脑后，不断追求更高的目标。透过追求目标的方式，我们可以看到一位设计师的个性。

　　三宅一生先生毕生都在探索布料与身体之间的关系。泷泽直己先生在三宅一生公司工作的岁月里，在继承了三宅先生服装哲学的同时，也探索出了属于自己的"美学"。

　　泷泽先生设计的一款靛蓝色春季外套就是一个很好的例

子。这件衣服乍一看就是一件衣长及膝的普通外套。但把衣服穿上身，系上用与衣服同款面料制成的腰带后，你就会发现眼前出现的是一个将女性魅力凸显至极致的形象。以略微倾斜的角度切割的袖口，像花瓣般轻盈展开的下摆。为了将女性的美丽展现到极致，这件衣服的形状、面料等都经过了最精密的计算。

泷泽先生上任成为优衣库设计总监的消息震惊了整个时装界，但也有很多人觉得这是意料之中的结果。泷泽先生通过与多家企业的业务合作，将设计工作的对象由时装逐步扩大到了其他领域。而在此过程中，泷泽先生始终保持着紧贴用户感受的视角——这就是给顾客带来最大限度满足感的设计。大家都在期待，泷泽先生能为优衣库超越一亿的顾客提供在机能性素材之上怎样的附加价值，他的提议能够为优衣库带来怎样的成果。

在家用电器和汽车行业，性能、技术的更新换代逐渐淡出了人们的视线，甚至有人称这是一个"靠设计决胜负的时代"。我总觉得这句话听起来有点不对劲，好像是在单方面强调色彩、形状等表面功夫的重要性。真正能够打动顾客心灵的设计，除了需要有美丽的外表之外，还一定要同时集便利、功能性强等各种满足感于一体。想要实现这一目标，必定要经历极其缜密且繁琐的作业过程。

有人说，作为一名设计师，必须要同时具备基于自身美学的创造性视角和基于企业需求性的经营视角。经营者的立场同样是要让顾客满足，所以经营者也应当具备设计师的视角。

安抚心灵、鼓舞人心、丰富生活……现在设计要发挥的作用、要达到的目标可谓是越来越多。最开始我决定为泷泽先生担任此书的编辑，是因为泷泽先生对于日本生产制造业的观点使我产生了共鸣。但在和泷泽先生进行讨论的过程中，我深切感受到设计师的思维其实放在任何一项工作中都是通用的。我认为本书的内容一定会对从事工作的各位产生多多少少的帮助。在思维的反复碰撞中诞生的本书，也正可谓是一项设计作品。

松本和佳

2014.11 于完成本书日文版编辑工作后

后 记

2018 年 11 月 27 日，在东京的一家餐馆，好友也是爱马仕同事藤本幸三先生介绍我认识了偶遇的泷泽直己先生，没想到一见如故，并自此开始了一段奇妙的缘分。泷泽先生的人生经历让我十分好奇，作为继承导师衣钵将三宅一生这一形神兼备的高端品牌发扬光大的优秀接班人，又是怎样深得优衣库掌门人柳井正先生器重并成为主导这一"服适人生"的大众品牌设计的核心人物？

不仅如此，在代官山由佐藤可士和先生设计的空间里，他创立的设计事务所低调地为日本皇室提供着高定服务，同时以品牌传播的视角为非时尚行业的客户巧思妙创着超越传统意义的工作服，他游刃有余地驾驭设计的能力，让人叹为观止。泷泽先生对当代设计的开放的认知度及其系统的方法论极具影响力，尤其他强调以调研为抓手做好设计，这一观点令我深感认同。

因此，当他将著作《一亿人的服装设计》签名赠与我时，我的第一反应就是将之引进中国，分享给从事与品牌设计相关工作的朋友们。因为我深信，作为第二代日本设计大师的代表之一，泷泽先生参与打造世界级日本品牌的成功经验以及他对于设计如何迎接未来的深刻思考，可成为寻求突破的中国智造的他山之石。泷泽先生对我的提议欣然接受，于是我开始筹备这一出版项目。

在好友也是畅销书作者黄征宇先生的引荐下，我认识了出版业权威刘国辉社长，感谢刘社长的认可以及他领导下的专业团队的全情付出，终于让本书的出版摆脱疫情的延误而得以实现。我期待，围绕着书的发行泷泽先生能如愿来华出席签售活动及深入各大设计院校与学生们面对面分享和交流，亲手将这份承载着他的世界观和使命感的美好礼物带着温度送到每一位读者的手中。

高峰

2021.7.8 于上海

本书引用图片出处

扉页彩图

- **P1** 思考中的作者 ©NAOKI TAKIZAWA DESIGN
- **P2** 优衣库 2013 秋冬时装系列展览会（东京）
- **P4** 与 KaiKai KiKi 的艺术家 Mr. 合作的 "ISSEY MIYAKE by NAOKI TAKIZAWA 东京六本木 hill 店" 的橱窗展示 photo: Hideyuki Motegi ©2004Mr./KaiKai KiKi Co., Ltd. All Rights Reserved.
- **P5** 上 描绘设计手稿的作者

    下 ISSEY MIYAKE 时代与佐藤可士和先生合作的托特包
- **P6** 作者为三阳商会设计的大衣 ©SANYO SHOKAI LTD.
- **P7** 上 洋马（YANMAR）的农业工作服 ©YANMAR CO., LTD.

    下 JP TOWER 学术文化综合博物馆 "INTER MEDIA TECH" 制服 摄影：松木雄一
- **P8** 于纽约拍摄的试衣场景 ©NAOKI TAKIZAWA DESIGN

正文部分插图

- **P 126** 作者公司的工作室 ©NAOKI TAKIZAWA DESIGN

- **P 143** 美国纽约现代艺术博物馆的安保制服 Courtesy of UNIQLO

- **P 152** 出自 NAOKI TAKIZAWA 2008 春夏时装系列

- **P 176** 与东京大学综合研究博物馆共同研究的"Mode & Science Ⅳ – eCornuCopia"展览现场（东京大学综合研究博物馆 / 小石川分馆）摄影：作者

泷泽直己（*NAOKI TAKIZAWA*）

时装设计师

- 1960 年出生于日本东京。
- 毕业于日本桑泽设计研究所（Kuwasawa Design School）。
- 1982 年进入三宅一生设计事务所。
- 1993—2006 年担任 ISSEY MIYAKE MEN（三宅一生男士）设计总监。
- 1999—2006 年兼任 ISSEY MIYAKE WOMEN（三宅一生女士）设计总监。
- 2006 年创建"株式会社 NAOKI TAKIZAWA DESIGN"。
- 2007 年荣获法国艺术文化骑士勋章。
- 2009—2013 年任东京大学综合研究博物馆 / INTERMEDIATHEQUE 捐赠研究部门特聘教授。
- 个人主要经历包括为威廉·弗西斯（William Forsythe）率领的法兰克福芭蕾舞团设计演出服装、为巴黎国立凯布朗利博物馆（Musée du Quai Branly）设计窗帘、在巴黎卡地亚当代艺术基金会展览会"亚诺玛米：森林之魂"（Yanomami: Spirit Of the Forest）上出展等，其超越时装设计的多领域活动受到了来自全世界广泛的关注。

日文版编辑 **松本和佳**（*WAKA MATSUMOTO*）

- 日本经济新闻社企业报道部副部长兼编辑委员。

- 1968 年出生于日本北海道。1992 年从日本早稻田大学毕业后，进入日本经济新闻社。先后任职于该新闻社的流通经济部、生活信息部及企业报道部。在时装、消费领域有丰富的采访、报道经验。2002-2003 年，曾于巴黎时装学院（IFM）留学。

图书在版编目（CIP）数据

一亿人的服装设计/（日）泷泽直己著；朱中一译

.--北京：中国大百科全书出版社，2022.11

ISBN 978-7-5202-1223-6

Ⅰ．①一… Ⅱ．①泷… ②朱… Ⅲ．①服装设计—日本—文集 Ⅳ．①I247.5

中国版本图书馆 CIP 数据核字（2022）第 187161 号

作　　　者　泷泽直己
统　　　筹　松本和佳（日本经济新闻出版社）
专 家 审 稿　高　峰
中 文 翻 译　朱中一
中文翻译校正　杨柳岸

出　版　人　刘祚臣
策　　　划　刘　嘉
审　　　订　高　峰
责 任 编 辑　陈　光
装 帧 设 计　今亮后声
责 任 印 制　邹景峰
出 版 发 行　中国大百科全书出版社
地　　　址　北京市阜成门北大街 17 号
邮　　　编　100037
网　　　址　http://www.ecph.com.cn
印　　　刷　北京汇瑞嘉合文化发展有限公司
开　　　本　787 毫米 × 1092 毫米 1/32
印　　　张　6.5　　　插页　16
字　　　数　150 千字
版　　　次　2022 年 11 月第 1 版
印　　　次　2023 年 7 月第 2 次印刷
定　　　价　78.00 元

本书如有印装质量问题，请与出版社联系调换　　电话：010-88390677